현대 마도학자

네르가시아 장편 소설

FUSION FANTASTIC STORY

THE MODERN
MAGICAL
SCHOLAR

현대 마도학자 3

네르가시아 장편 소설

초판 1쇄 찍은 날 § 2014년 11월 14일
초판 1쇄 펴낸 날 § 2014년 11월 21일

지은이 § 네르가시아
펴낸이 § 서경석

편집부장 § 권태완
편집책임 § 박은정

펴낸곳 § 도서출판 청어람
등록번호 § 제387-1999-000006호
등록일자 § 1999. 5. 31
어람번호 § 제1-1983호

주소 § 경기도 부천시 원미구 부일로 483번길 40 서경B/D 3F (우) 420-822
전화 § 032-656-4452 팩스 § 032-656-4453
http://www.chungeoram.com
E-mail § chungeorambook@daum.net

ISBN 979-11-316-9289-9 04810
ISBN 979-11-316-9243-1 (세트)

현대 마도학자

네르가시아 장편 소설

FUSION FANTASTIC STORY

THE MODERN MAGICAL SCHOLAR

3

현대
마도학자

THE MODERN
MAGICAL
SCHOLAR

CONTENTS

1장
어느 암살자의 이야기

베트남 하노이에 추적추적 비가 내리기 시작했다.

쏴아아아아아……!

가뜩이나 후덥지근한 하노이의 날씨가 조금 더 끈적끈적해지는 듯했다.

도박장 테이블 하나를 놓고 마주앉은 화수와 마오가 서로의 눈동자를 바라보고 있다.

"시작할까요?"

"그럽시다."

두 사람은 서로의 목적을 위해 도박을 하기로 했다.

화수는 기하학무늬의 문신에 대해 물어볼 것이고, 마오는 화수의 오른팔을 자르기로 했다.

질문 하나에 오른팔을 자른다는 건 말도 안 된다며 강한성은 여전히 방방 뛰고 있지만 화수는 굴하지 않고 도박을 계속한다.

"바둑이 룰에 대해선 아시는지?"

"대략 알고 왔습니다."

"그렇다면 문제될 것 없겠군."

"패 돌리시죠."

도박장 딜러는 도박장의 룰에 대해 설명했다.

"상한가 없고 개평 없고 비기면 재대결로 승부를 가립니다. 이의 있습니까?"

"없소."

"없습니다."

"그럼 셔플 시작합니다."

촤라라라락!

딜러가 현란한 손놀림으로 카드를 섞어나가는 동안 두 사람은 서로의 눈동자를 바라보며 심리전을 시작했다.

모든 도박이 그러하듯 한번 기세에서 밀리게 되면 제대로 배팅을 할 수 없어 시종일관 끌려가는 플레이를 할 수밖에 없다.

화수는 그런 심리전에 말려들지 않기 위해 아까부터 연신 미소를 짓고 있다.

"여유가 넘치는군?"

"잘못되어 봐야 팔 하나 잘리기밖에 더 하겠습니까?"

"호오? 팔이 잘리면 먹고살기 힘들 텐데도 말이오?"

"운명이라면 받아들여야지요."

"크흐흐, 그것참 마음에 드는 자세군."

"남자라면 응당 그래야 하는 것 아니겠습니까?"

탁탁탁탁!

네 장의 카드가 두 사람의 앞에 놓였다.

"배팅하시죠."

화수는 거침없이 배팅을 시작했다.

"레이스."

"콜. 받고 레이스."

"콜, 받고 다시 레이스."

계속해서 배팅이 돌아가 두 사람의 앞엔 한화로 1억에 달하는 돈이 걸렸다.

마오는 판돈을 바라보며 실소를 흘렸다.

"한 판에 1억? 꽤나 화끈한 판이군."

"이래야 도박할 맛이 나지요."

"크흐흐, 뭘 좀 아는 청년이군."

배팅이 끝나고 난 후, 화수는 자신의 카드를 확인했다.

스페이드 K와 Q, 숫자 3, 6이 들어왔다.

같은 무늬가 있으면 안 되는 바둑이의 룰을 감안하면 상당히 나쁜 패다.

"아침입니다. 카드를 바꾸시겠습니까?"

화수는 가만히 카드를 덮었다.

"패스."

순간, 마오의 눈썹이 미묘하게 꿈틀거렸다.

그리고 그는 카드를 세 장 빼서 바꿨다.

"쓰리 카드."

"네, 쓰리 카드 체인지."

어찌 보면 궁지에 몰린 상황이라고 할 수 있지만 어차피 도박은 기세다.

화수는 거침없이 최대 금액을 배팅했다.

"풀 베팅."

"콜, 레이스."

"콜, 다시 레이스."

카드를 바꾸지도 않고 기세 좋게 배팅하는 화수를 바라보며 마오가 미소를 지었다.

"오호라, 꽤나 높은 패가 들어온 모양이오?"

"글쎄요, 도박은 끝날 때까지 모르는 법이지요."

화수의 도발이 조금은 먹힌 것일까?

그는 카드를 덮었다.

"한 판 더 합시다."

"그러시죠."

화수는 판돈 3억을 챙기고 카드를 내려놓았다.

초반 기선제압에 성공한 화수는 유리한 고지에 서서 도박판을 이끌어나갔다.

"레이스."

"죽었소."

판돈 4억을 챙긴 화수가 마오를 도발하기 시작했다.

"자꾸 죽으시면 도박을 할 맛이 안 나지요. 그래서 어디 인건비나 나오겠습니까?"

"크흐흐, 인건비 따먹기 하자고 도박하나? 패나 돌리시오."

"그러시죠."

화수는 테이블에 기본 판돈을 걸고 딜러에게 수수료를 건넸다.

"시작합시다."

"예, 그러시죠."

충분히 그를 도발하긴 했지만 역시 도박판에서 잔뼈가 굵은 마오이기에 쉽사리 넘어올 생각을 하지 않았다.

패가 돌아가고 난 후, 마오는 아예 자신의 카드를 보지도 않고 덮었다.

"풀 베팅."

"블라인드 플레이를 하겠단 말입니까?"

"크흐흐. 이것이야말로 도박의 묘미라고 할 수 있지. 궁금하면 같이하든지."

패를 보지 않고 무조건 돈을 건다는 것은 양날의 검이다.

자신이 무슨 카드를 들고 있는지 알 수가 없기 때문에 배팅에 거침이 없다.

하지만 자신의 패를 보지 않고 걸기 때문에 적절한 타이밍에 빠지는 것이 불가능하다.

잘못하면 전 재산을 잃을 수도 있지만, 반대로 생각하면 대박이 날 수도 있는 것이다.

화수는 자신의 패를 확인했다.

하트, 다이아몬드, 스페이드 두 개에 숫자는 5, 3, 7, 8이다.

만약 무늬가 다 다르다면 꽤나 높은 패가 될 수도 있겠지만 무늬가 겹친다.

이렇게 되면 어쩔 수 없이 카드를 바꿀 수밖에 없다.

기세에서 밀리면 지는 도박판이기에 그는 배팅을 멈추지 않았다.

"받고 레이스."

"크흐흐, 역시 배짱 하나는 두둑하군. 받고 레이스."

판돈이 계속해서 올라가자 강한성은 연신 불안한 표정을 지었다.

"이것 참⋯⋯."

하지만 화수는 집중력을 잃지 않기 위해 카드만 뚫어져라 쳐다봤다.

이윽고 다시 패가 돌아갔다.

"점심입니다. 배팅하시죠."

이번에도 그는 카드를 보지 않고 걸었다.

"절반을 걸지. 따라올 테면 따라오든지."

무려 5억에 달하는 돈이다.

지금 화수에게 있는 판돈으론 상당히 부담이 될 수밖에 없다.

'역시 보통내기가 아니야.'

화수는 판을 접었다.

"졌습니다. 드시죠."

"크흐흐, 인생 모르는 거라니까?"

한 판을 어처구니없이 졌으니 이제 기세는 화수 쪽에서 마오 쪽으로 넘어갔다.

다시 패가 돌아가자, 마오는 기세등등하게 패를 덮었다.

"크흐흐, 다시 시작할까?"

자신의 패를 확인한 화수는 속으로 식은땀을 흘렸다.

같은 모양으로 된 숫자 5, 6, 7, 8이 나왔던 것이다.

'빌어먹을. 하필이면 이따위 개패가 나와서……'

도박은 파도라고 하지만 기세에서 밀리면 상한가를 치지도 못하고 수장된다.

지금 화수의 경우가 딱 그러했다.

이제 그는 마지막 승부수를 던지기로 했다.

주머니에서 담배를 꺼낸 화수가 불을 붙였다.

타악, 타악……!

"이런… 불이 붙지 않는군요."

마오는 잠시 판을 정지시켰다.

"하긴, 속이 타기도 하겠지. 어이, 불 가져와!"

"예, 보스!"

화수는 잠시 도박판이 정지한 것을 이용해 자신의 소매 춤을 들어 뭔가를 바닥으로 흘려보냈다.

또르르…….

성인 엄지손가락만 한 몸통에 그와 비슷한 날개를 가진 물체가 바닥에서 튀어 올랐다.

위이이이잉……!

이것은 화수가 초소형 마나코어로 만든 비행물체로, 화수와 시선을 공유할 수 있는 능력을 가졌다.

전쟁에서 정보력은 곧 승리와 직결되는 문제이기 때문에 언제나 첩보는 중요한 수단으로 역설된다.

화수 역시 그 점을 잘 알고 있었고, 초소형 마도병기를 운용해서 적의 일거수일투족을 살폈다.

그가 전쟁에서 승리한 것은 뛰어난 전략과 전투력 덕분이기도 하지만 적의 동태를 살필 수 있는 첩보력 때문이기도 했다.

화수는 완벽하진 않지만 그때 그 장비를 재현해 내어 도박판에서 승리를 거두려는 것이었다.

띠이이잉……!

시선이 교차되는 동시에 화수의 눈가에 짜릿한 감각이 스쳤다.

이제 그의 눈에는 동시에 두 개의 시선이 교차하게 된 것이다.

마오의 부하가 담배에 불을 붙여주자, 화수는 곧장 도박을 시작했다.

"후우……! 이제 좀 살 것 같군."

"크흐흐, 속이 타나?"

"그냥 담배가 좀 당겼을 뿐입니다. 시작하시죠."

그는 지금까지 그러했듯, 거침없는 배팅을 시작했다.

내리 10판의 패배, 마오는 뭔가 석연치 않음을 느꼈다.

'이상하군. 도대체 뭐가 문제인 거지? 저놈이 뭔가 속임수를 쓰고 있나? 아님 기술을 쓰나?'

도박판에서 사기를 치는 사람, 이른바 '타짜' 들은 알면서도 속아 넘어갈 수밖에 없는 현란한 기술을 가지고 있다.

하지만 지금까지 목숨을 걸고 카드를 쳐 온 마오가 그런 속임수에 당해 넘어갈 리가 없다.

또한 바둑이는 워낙 카드의 유동이 많은 게임이기 때문에 사기를 치기가 그리 쉽지가 않다.

그렇다는 것은 지금 이 청년은 최소한 거짓으로 카드를 치고 있지 않다는 소리가 된다.

'천재? 아니면 그냥 운이 좋은 건가?'

어느 쪽이 되었든 지금 마오는 전 재산을 모두 잃게 생겼다.

아무래도 이렇게 가다간 자신의 오른팔이 잘릴 판이다.

그는 이쯤에서 판을 엎어버리기로 했다.

"안 되겠군. 술을 한 잔 해야겠어. 이봐!"

"예, 보스."

"가서 붐베이 사파이어 한 잔 가지고 와."

붐베이 사파이어는 그가 부하들을 이용해 상대방을 죽여버리겠다는 신호다.

부하들은 그의 암어를 알아듣곤 곧장 실행에 옮겼다.

"잠시만 기다려주십시오. 금방 가져다드리겠습니다."

"서둘러라."

"예, 보스."

남은 돈은 이제 한화로 약 5천만 원, 그 안에 승부를 보지 않으면 이 돈은 모두 상대방에게 넘어갈 것이다.

그는 잠시 판을 정지시키고 담배를 한 대 피워 물었다.

"술이 올 때까지 조금 기다려도 되겠지?"

"물론입니다."

카드를 뒤집은 마오로 인해 도박판엔 막간의 정적이 흘

렀다.

마오는 화수에게 자신을 찾아온 이유를 물으며 최대한 시간을 벌기로 했다.

"그나저나 나를 찾아온 이유가 뭐요?"

"이런 문양의 문신을 한 사람이 누구인지 알고 싶어서 왔습니다."

그는 무심결에 문신의 주인에 대해 말했다.

"블랙?"

"블랙이라니요?"

"뒷골목에선 그를 그렇게 부르지. 아마 살인으로 친다면 놈이 전 세계에서 으뜸일 거요."

"살인청부업자인가요?"

"뭐, 그렇게 부를 수도 있고. 아님 그냥 해결사라고 부를 수도 있고. 워낙 찾는 사람이 많아서 부르는 이름도 제각각이오."

"으음……."

"그런데 이렇게 무식하고 무자비한 놈을 찾아서 뭘 어쩌려고?"

"사정이 좀 있습니다. 이 사람 때문에 제 전 재산이 다 날아가게 생겼거든요."

"나와 비슷한 처지에 놓였군."

"그거야……."

바로 그때였다.

"보스, 붐베이 사파이어를 준비했습니다."

"크흐흐, 알겠다."

자리에서 일어선 그는 아무런 말없이 판돈을 쓸어 담았다.

"……?"

"미안하지만 이만 볼일이 있어서 그만 가봐야겠군. 그럼 잘 가라고."

연신 고개를 갸웃거리던 화수에게 네 자루의 권총이 겨누어졌다.

철컥!

"지금 이게 뭐하는 짓입니까?"

"크흐흐, 이 세상에 안전한 도박판은 없어. 그것도 모르고 도박을 하자고 한 것은 아니겠지?"

"난 그저 이 문신의 주인에 대해 알고 싶었을 뿐입니다. 도박판에서 돈을 딸 생각은 없었어요."

"아무튼 도박에서 이긴 사람은 나다. 그러니 순순히 죽으면 된다."

마오는 돈만 챙겨 길을 나섰고, 부하들은 거침없이 화수에게 권총탄을 쏘아댔다.

탕탕탕탕!

"꺄아아아악!"

"초, 총이다!"

순식간에 아수라장이 되어버린 도박장은 이제 곧 폐쇄가 될 테지만 그에겐 나쁠 것 없다.

이 세상엔 수많은 도박판이 있기 때문이다.

부하들에게 뒤처리를 맡긴 채 돌아서려던 그는 불현듯 자신의 뒷덜미를 잡는 손길을 느꼈다.

턱!

"잠깐, 그냥 이렇게 가려고?"

고개를 돌린 마오는 경악에 찬 한숨을 내뱉었다.

"허, 허어억!"

그의 뒷덜미를 잡은 사람은 다름 아닌 화수였던 것이다.

"이런 빌어먹을 자식 같으니, 감히 내 뒤통수에 총알을 박아 넣으려고 해?"

"이, 이게 무슨······?!"

"무슨 상황이긴, 이제 곧 네가 뒈질 수도 있는 상황이지."

퍼억!

"크헉!"

그의 눈앞에 별이 반짝였다.

화수는 전생에 제국군 총사령관으로서 군을 지휘하던 최고의 마검사였다.

검술로는 제국에서 그를 뛰어넘을 자가 없을 정도로 고강한 무예를 가진 소드마스터였던 것이다.

아직 예전의 힘을 되찾으려면 멀고도 멀었지만 지금도 충분히 일반인과는 차원이 다른 움직임을 낼 수 있었다.

그리고 그는 만일을 대비해 자신의 심장에 탈부착이 가능한 마나코어를 장착했다.

한의원에서 사용하는 침에 마나코어를 장착하고 그 위에 고무로 된 보호대를 덧대어 움직임이 커도 충분히 마나를 공급할 수 있도록 했다.

이렇게 되면 마나코어가 화수의 몸에 마나신경체계를 임시로 구성해서 능력을 사용할 수가 있다.

덕분에 그는 일반인의 두 배에 달하는 운동 신경과 근력을 가질 수 있게 되었다.

쫘드드득!

"쿨럭, 쿨럭!"

화수는 마오와 그의 부하들을 묵사발로 만든 후에 뒷골목으로 그들을 데리고 나왔다.

이미 피떡이 되어버린 마오의 부하들은 화수의 그림자만 봐도 오줌을 지릴 지경이었다.

그런 그들의 보스인 마오의 상태로 말할 것 같으면 차마 눈을 뜨고 볼 수 없을 정도였다.

"사, 살려주십시오……!"

이가 열 개나 부러져 입에서는 계속해서 피가 흘러나오고 있었고, 왼쪽 광대뼈가 골절되어 함몰 증상을 보이고 있었다.

그래서 말을 하는 동안에도 안면근육이 제대로 움직이지 않고 있다.

어눌한 발음으로 목숨을 구걸하는 그에게 화수가 물었다.

"그 블랙에 대한 정보를 나에게 모두 털어놓아라. 그럼 최소한 목숨은 살려주겠다."

"하, 하지만……."

"그에 대한 정보를 발설하면 블랙에게 죽기라도 하는 모양이지?"

그는 세차게 고개를 흔들었다.

"네, 그렇습니다! 잘못하면 제가 죽습니다!"

화수는 실소를 흘렸다.

"그러니까, 나에게 죽는 것은 두렵지 않다는 것이네?"

"아, 아닙니다! 그런 것이 아니고……."

그는 무릎을 꿇고 앉은 마오의 허벅지를 발로 짓밟았다.

퍼억!

뚜두두둑!

바닥과 맞닿아 있던 정강이뼈가 절반으로 부러지며 복합골절이 일어났다.

"크아아아아악!"

"아직도 정신을 못 차린 모양이군. 지금 이 자리에서 네 모가지를 비틀어버릴 수도 있지만 가까스로 참고 있는 것이다."

"허억, 허억……! 제가 잘못했습니다! 제발 용서해 주십시오!"

"두 번 묻지 않겠다. 놈에 대한 정보를 모두 털어놓아라."

"아, 알겠습니다! 제가 놈에 대한 정보를 수집해서 내일 안으로 가져다드리겠습니다!"

화수는 고개를 가로저었다.

"아니, 오늘 새벽까지 가지고 올 수 있도록."

"그, 그렇지만……."

"…또 토를 다는군."

급격히 어두워지는 화수의 낯빛을 보자마자 마오가 경기를 일으켰다.

"히이이익! 하, 하겠습니다! 가져다 바치고말고요!"

"쯧, 진즉 그럴 것이지."

화수는 그에게 명함을 한 장 건넸다.

"이곳으로 오늘 새벽까지 자료를 준비해서 전화해라. 만약 꼼수를 부렸다간 네놈의 눈알을 생으로 뽑아서 씹어 먹을 줄 알아라."

"여, 여부가 있겠습니까?!"

몸에 더 이상 털어낼 먼지가 없을 정도로 탈탈 털린 마오는 부하들을 깨워서 어기적어기적 걸어 나갔다.

법보다 주먹이 가깝다는 진리는 세상 어느 곳을 가도 통하는 법이다.

전생에 대륙을 일통하면서 예외 없이 학살을 자행했던 그는 무력이야말로 가장 효과적인 채찍이라는 것을 알고 있었던 것이다.

그런 채찍을 쓸 때엔 거침없이 인정사정 보지 않고 몰아쳐야 한다.

화수는 채찍 한 방에 고분고분하게 말을 듣는 마오를 보며 그 진리를 새삼 절감했다.

"블랙은 지금 마닐라에서 지내는 것으로 파악되었습니다."

"일은 베트남에서 하고 잠은 마닐라에서 잔다?"

"매일 숙소를 옮겨가면서 사는 블랙이기에 뚜렷한 거주지가 없습니다. 아마 며칠 내로 다시 거처를 옮기겠지요."

"으음, 그건 그렇겠군."

살인을 밥 먹듯이 하는 청부업자들은 매번 숙소를 옮기지 않으면 생명에 위협을 받을 수도 있다.

그렇기 때문에 특별한 거주지가 없는 것이 특징이다.

"놈을 찾아갈 차비를 차려라."

"차를 준비시키겠습니다."

"아니, 네가 직접 나를 따른다."

"예?! 그, 그건……."

"왜? 죽기 싫어서 그러나?"

"그런 것은 아닙니다만……."

"그럼 왜 그딴 말도 안 된다는 듯한 표정을 짓고 있는 것이지?"

마오는 서서히 굳어가는 화수의 얼굴을 바라보며 몸을 떨었다.

"아, 아닙니다! 그런 뜻이 절대로 아닙니다!"

"그럼?"

"너, 너무 기뻐서 이렇게 무작정 따라도 되는지 궁금해서 그런 겁니다!"

"후후, 그럼 다행이고."

화수는 그에게서 건네받은 호텔의 전경사진을 바라보며 짧게 작전을 구상했다.

"지금 네가 움직일 수 있는 인원이 얼마나 되지?"

"한 20명쯤 됩니다."

"모두 총을 소지하고 있고?"

"예, 그렇습니다."

"좋아. 그럼 놈들을 모두 소집해서 마닐라로 간다."

목숨이 아까운 사람은 마오다.

그는 화수가 시킨 것을 즉시 이행하기 위해 전화기를 꺼내 들었다.

"지금 당장 준비시키겠습니다."

"얼마나 걸리지?"

"한 시간 안에 소집하겠습니다."

"그럼 한 시간 뒤에 공항에서 보지."

"예, 알겠습니다."

화수는 마오가 준비한 차를 타고 하노이 공항으로 향했다.

*　　*　　*

이른 새벽의 하노이 공항, 총 20명의 마오파 부하들이 총을 소지한 채 모여들었다.

화수는 그들에게 블랙이 머물고 있다는 호텔의 전경사진과 지도를 나누어 주었다.

"잘 들어라. 놈을 한 번 놓치면 절대로 잡을 수가 없어. 그러니 최대한 신중하게 움직여야 한다."

"예, 알겠습니다."

총 20층으로 이뤄진 마닐라의 제트니아 호텔은 예상도주로가 딱 두 개가 있다.

하나는 지하주차장이고 하나는 호텔의 정문이다.

"절반은 주차장에 차를 대고 기다려라. 그리고 절반은 정문에서 혹시 모를 도주에 대비해라."

"예, 보스!"

화수는 그에게 깊이 고개를 숙이는 조직원들에게 물었다.

"그나저나 너희는 왜 아까부터 나를 보스라고 부르고 있는 거지?"

마오가 어색한 미소를 지었다.

"제가 시켰습니다. 아무래도 조직 내 서열이 무너지는 것
같아서……."

"그렇다고 내가 베트남 마피아의 보스가 되라고?"

"아무래도 그편이 남들이 보기에도 좋고 부하들이 느끼기
에도 좋을 것 같아서 말입니다."

조금 굳어진 표정의 화수에게 마오가 고개를 푹 숙이며 말
했다.

"부, 불편하시면 거두겠습니다! 하지만 저를 굴복시키셨으
니 책임을 지셔야 합니다! 보스가 아니라면 그냥 사장님으로
모시게 할 수 있도록 해주십시오!"

아마도 마오는 자신을 굴복시킨 화수의 뒤에 숨어 블랙을
견제하려는 듯했다.

그렇지 않다면 스스로 자신이 키운 조직을 통째로 바칠 리
가 없다.

"으음……."

화수는 자신의 턱을 매만지며 고민에 빠져들었다.

마오의 조직을 가지고 있다고 해서 화수에게 손해가 갈 것
이 없기 때문이다.

아니, 오히려 이번 사건을 해결하는데 아주 유용하게 사용
할 수도 있을 것 같았다.

"좋다. 그럼 내가 임시 보스가 되어주지."

"저, 정말이십니까?!"

"하지만 이번 일이 끝나면 너희와 나는 아예 남이 될 것이다. 네가 걱정하는 것이 블랙일 테니 놈만 잡아주면 내가 책임을 질 이유가 없어지는 것 아닌가?"

"그건 그렇습니다만……."

화수는 임시 보스로서 그들을 이끌기로 했다.

"당장 출발한다. 총을 뒤로 빼돌려서 나갈 수 있는 방법은 뭐가 있지?"

"공항의 검색 당국에 돈을 먹여두었습니다."

"오호, 머리가 꽤나 좋군."

"헤헤, 제가 이런 일을 도맡아서 하다 보니 그렇게 되었습니다."

"좋아, 그럼 권총은 그렇게 밀반출하는 것으로 하고 비행기표와 여권은 어떻게 되었나?"

"모두 준비했습니다."

조직원들은 이미 화수를 보스로 여기며 잘 따르는 듯했다.

그 모습을 바라보는 마오의 표정이 묘하게 일그러졌다.

화수는 고개를 돌려 그를 바라보며 물었다.

"왜 표정이 그따위로 일그러지지?"

"예, 예?!"

"지금 나를 보고 인상을 찌푸렸잖나?"

"아, 아닙니다! 그럴 리가 없습니다! 제가 무슨 배짱으로 그런 말도 안 되는 짓을 하겠습니까?!"

화수는 슬쩍 미소를 지었다.

"그렇지?"

"그럼요! 여부가 있겠습니까?!"

이윽고 화수는 조직원들을 이끌고 출국 게이트로 향했다.

2장

세계 최고의
살인청부업자

　이제 슬슬 우기가 찾아온 동남아의 하늘은 끝도 없이 비를 쏟아냈다.

　쏴아아아아아……!

　마닐라의 전경이 가장 잘 보이는 시가지 중앙에 위치한 제트니아 호텔에는 우기를 맞아 와인과 마른안주를 서비스로 제공하고 있었다.

　제트니아 호텔 3층에 머물고 있는 블랙 역시 호텔에서 제공한 와인을 마시며 야경을 감상했다.

　"좋군……."

　그는 비를 좋아한다.

비가 내리는 날이면 이 세상의 모든 소음이 잦아들고 오로지 혼자만의 세계가 펼쳐지는 것 같기 때문이다.

거기에 혼자 사색에 잠길 수 있는 술이 한잔 곁들여진다면 더할 나위 없는 행복감이 찾아온다.

그는 와인 반병을 비워내곤 이내 호텔 객실에 놓인 소파에 몸을 뉘였다.

한시라도 편안히 잠을 잘 수 없는 그는 차라리 움직이기 편한 소파에서 잠을 청했다.

"후우……."

하루를 마무리하는 그의 머리맡에는 권총이 한 자루 놓여 있었다.

언제 어디서 살해의 위협이 다가올지 모르는 상황에 있기 때문에 생긴 습관이다.

이윽고 그는 취침용 스탠드에 달린 전구 스위치를 손에 쥐었다.

타악, 타악.

스위치를 내렸다 올렸다 반복하면 그림자가 생겼다 없어졌다 하는 풍경이 연출됐다.

그는 어려서부터 이렇게 불을 켰다 껐다 반복하며 잠을 청했다.

이렇게라도 하지 않으면 심리적 안정을 찾을 수 없기 때문이다.

타악, 타악…….

얼마나 불을 껐다 켰을까?

그의 눈동자에 뭔가 이상한 그림자가 스쳤다.

팟!

순간, 그는 자리에서 벌떡 일어나 손에 권총을 쥐었다.

철컥.

아무래도 호텔방에 침입자가 들어온 것 같았다.

"뭐지……?"

오감은 물론이고 육감까지 아주 세세하게 발달한 블랙이다.

그가 침입자를 감지해내지 못할 리가 없었다.

자신의 감각에 걸리지 않고 침투했다는 것에 놀라면서도 그는 결코 평정심을 잃지 않았다.

우선 그는 자신이 보았던 그림자의 크기에서 상대방의 위치를 가늠해 냈다.

냉장고 옆에 있는 쓰레기통 부근에 있었던 것으로 예상되었다.

천천히 냉장고 앞으로 다가선 그는 자신의 발자국 외에 또 하나의 발자국이 있는 것을 볼 수 있었다.

족적으로 보아 건장한 사내의 발자국이 틀림없었다.

"하나, 둘, 셋……?!"

자신의 감각을 피해서 들어온 사람이 무려 셋이라니. 그는 적지 않게 당황한다.

그리고 잠시 후, 그의 뒤로 한 사내의 그림자가 서렸다.

"잡았다!"

펑펑!

소음기가 달린 그의 권총이 괴한의 신영을 갈랐다.

하지만 그의 권총탄은 너무나도 허무하게 빗나갔다.

"제법이군."

퍼억!

"컥!"

블랙은 자신의 목덜미로 날아온 사내의 주먹을 미처 피해낼 틈도 없이 타격을 입었다.

그러나 고통에 익숙한 그는 곧바로 반격에 나섰다.

자신의 목덜미로 날아온 손을 잡아 유술을 시전한 것이었다.

턱!

"후후, 역시 명불허전이군."

그는 블랙의 공격을 아주 여유롭게 피해내더니 이내 다시 주먹으로 목젖을 쳤다.

퍼억!

"크헉!"

목젖은 아무리 고통에 무딘 사람이라도 한 대 맞으면 정신을 차릴 수 없을 정도의 타격을 준다.

블랙 역시 대단한 인내심을 가지고 있긴 하지만 사람으로서의 본능은 어쩔 수 없었다.

자동적으로 목덜미를 감싸 쥐고 허리를 숙인 블랙의 안면에 사내의 발차기가 작렬했다.

픽!

"컥!"

순간, 안면에 시큼하고 매콤한 고통이 느껴졌다.

삐이—

귀에서 이명이 울려 퍼질 정도로 엄청난 타격을 입은 그의 뇌리에 지금까지 살아온 과거가 주마등처럼 스쳐 지나갔다.

'젠장…….'

그리곤 이내 정신을 잃었다.

* * *

화수는 다리만 두 개 달린 양철인형 두 기를 가지고 블랙의 숙소로 잠입했다.

그리고 그의 시선을 분산시키기 위해 일부러 그림자를 보여주었다.

"생각보다 더 감각이 좋군."

아무리 시선을 분산시키기 위해 그림자를 보여주었다곤

해도 이렇게 일찍 눈치를 챌 것이라곤 전혀 예상치 못했던 화수다.

어둠 속에서 화수의 위치를 정확하게 짚어내다니, 대단하다고밖에 할 수 없다.

그를 밧줄로 꽁꽁 묶어서 객실 밖으로 옮기는 동안에도 그는 연신 반항을 해댔다.

"우욱, 우욱……!"

표독스러운 눈빛에선 그의 독기가 얼마나 질기고 진한 것인지 유추할 수 있었다.

만약 화수가 조금만 늦었어도 이미 저세상 사람이 되었을 수도 있는 일이다.

'마나코어를 달아주면 최고의 암살자가 될 수 있는 재목이군.'

그는 검술과 마도학뿐만 아니라 암살에도 아주 뛰어난 재주를 가지고 있었다.

때론 직접 적진으로 잠입해 사령관의 목을 치곤했을 정도이니, 어지간한 어쌔신과 대결해도 지지 않을 것이다.

그런 그가 보기에도 이 블랙이라는 자의 자질은 상당히 뛰어난 편이었다.

아니, 적어도 지구에선 그를 암살로 이길 수 있는 자는 아마 없을 듯싶었다.

화수는 마오파의 조직원들이 준비한 빨래바구니에 블랙을

구겨 넣었다.

"지하에 차를 대기시켜 놨겠지?"

"예, 보스."

"좋다. 최대한 자연스럽게 행동해서 지하주차장까지 간다."

"예, 알겠습니다."

조직원들과 함께 지하로 내려가는 엘리베이터에 오른 화수는 블랙의 얼굴을 다시 한 번 확인했다.

분명 사진에 나온 사람과 같은 인물이었지만, 조금 초췌한 면이 있는 것 같았다.

"잠을 제대로 자지 못한 모양이군."

이윽고 그는 블랙의 상의를 벗겨 문신을 확인했다.

분명히 그가 CCTV로 보았던 그 문신이다.

"맞군. 빌어먹을 자식, 내 물건을 빼돌려? 간도 크군."

"우욱!"

화수는 그의 안면에 다시 한 번 주먹을 날렸다.

퍼억!

"으욱……."

이내 기절해 버린 그를 바라보며 조직원들이 마른침을 삼켰다.

꿀꺽!

그는 실소를 흘리며 말했다.

"그렇게 쫄 필요 없어. 잘못하지 않으면 때리지 않을 테니."

그제야 안심하고 화수를 따르는 조직원들이다.

*　　　*　　　*

마오는 천하의 블랙을 산 채로 잡아온 화수를 바라보며 경악을 금치 못했다.

"저, 정말로 잡아오셨군요."

"그럼 내가 따뜻한 밥 먹고 헛소리나 할 사람으로 보였나?"

"아, 아닙니다! 그게 아니고, 너무 놀라워서 그랬습니다."

적어도 뒷골목 인생들에겐 블랙은 신화와도 같은 인물이다.

그런 그를 이렇게 손쉽게 잡아오다니, 마오의 입장에서는 그저 놀라울 뿐일 것이다.

하지만 찰나의 순간에 당할 뻔한 화수의 입장에선 간담이 서늘한 순간이었다.

"이놈을 꽁꽁 묶어서 베트남으로 향한다. 할 수 있겠지?"

"공항 검색에 걸리지만 않으면 됩니까?"

"물론 살아 있어야겠지?"

"알겠습니다. 제가 한 번 방법을 찾아보겠습니다."

마약이나 총기류를 밀반입시키는 것은 상당히 위험한 일

이지만 사람을 밀반입시키는 일은 그보다 훨씬 더 위험하다.

잘못하면 공안당국에 잡혀 고문을 당할 수도 있는 일이다.

요즘과 같은 세상엔 사람의 신체도 돈이 되기 때문에 인신매매를 하는 일도 비일비재했다.

때문에 공항검색대에선 사람의 장기를 빼내어 가는 사람도 마약사범보다 훨씬 더 위험하게 본다.

하지만 총기를 그렇게 쉽게 빼돌린 것을 보면 사람을 빼돌리는 일도 불가능하지는 않을 것이다.

화수는 그들에게 블랙의 운반을 맡기기로 했다.

*   *   *

마닐라 공항의 검색대, 검색관은 자신의 앞에 놓인 통나무 공예품을 바라보며 고개를 갸웃거렸다.

"이게 뭡니까?"

옷에 톱밥이 잔뜩 묻은 사내는 당연하다는 듯이 답했다.

"뭐긴요, 제사용 토템이지. 마을에서 공용으로 사용할 겁니다."

"토템이요? 이런 토템으로 제사를 지내는 마을도 있습니까?"

"전통은 다 다른 법이지요. 왜요? 제사를 지내는 것도 불법입니까?"

"뭐, 그런 조항은 없습니다만……."

"그럼 문제될 것 없지요?"

검사관은 별다른 이상이 발견되지 않은 통나무 공예품을
통과시킬 수밖에 없었다.

"좋습니다. 통과시키시죠."

이윽고 그의 뒤로 네 명의 사내가 줄을 지어 들어섰다.

"우리 마을 사람들이 함께 제사를 지낼 물건입니다. 절대
로 집어던지면 안 됩니다."

"알겠습니다. 걱정 마시고 탑승하시죠."

청년들은 차례대로 비행기에 탑승했다.

그리고 하노이행 비행기의 수속이 끝나자마자 화물칸으로
내려갔다.

"서둘러라. 잘못하면 놈이 숨 막혀 죽을 수도 있어."

"예, 알겠습니다."

통나무를 옮긴 사람은 마오였고, 네 명의 청년은 그의 부하
들이다.

그는 통나무 안에 블랙을 숨겨 데리고 가기로 했는데, 밀
봉을 유지한다는 명목하에 그 겉을 강철로 둘둘 말아놓았다.

그렇기 때문에 잘못하면 블랙이 질식으로 죽을 수도 있었
다.

서둘러 화물칸으로 내려간 마오는 블랙이 잠들어 있을 밀

봉된 철의 봉인을 뜯어냈다.

아니, 뜯어내려 했으나 이미 철은 뜯겨진 상태였다.

"푸, 풀려 있습니다!"

"이런 빌어먹을!"

바로 그때였다.

철컥!

"…손들어. 움직이면 대가리에 바람구멍이 날 줄 알아라."

무더운 동남아의 날씨로 인해 땀에 흠뻑 젖은 블랙이 떨리는 손으로 권총을 잡고 있었다.

마오와 그의 부하들은 반사적으로 두 손을 번쩍 들었다.

"젠장!"

"개새끼들……. 사람을 숨 막히는 통나무 안에 집어넣어? 아주 사람을 죽이는 방법도 가지가지군."

"그, 그건 내가 한 것이 아니고……."

"닥쳐라! 사람을 질식시켜 죽이려고 하다니, 씹어 먹어도 시원치 않을 놈들이군."

마오는 땀을 뻘뻘 흘리며 잔뜩 화가 나 있는 블랙을 바라보며 연신 틈새를 찾았다.

하지만 그는 생각보다 아주 철저하게 포지션을 잡고 있어서 쉽사리 반격을 할 수가 없었다.

달려들기엔 조금 멀고 권총이 빗나갈 확률이 거의 없을 정도로 가까운 거리에서 총구를 겨누고 있었던 것이다.

'역시 뭔가 달라도 다르군.'

정신이 하나도 없을 상황에서 이런 포지션까지 잡았다는 것은 그가 얼마나 프로페셔널한지 알려주는 좋은 대목이었다.

마오는 잘못하면 자신의 머리에 바람구멍이 날지도 모른다는 생각을 했다.

"…나를 이렇게 만든 놈은 지금 어디에 있나?"

"비행기의 객실에 있을 것이다."

"놈에게 나를 안내해라."

"그렇다면 일단 총구를 내리고……."

"개소리! 그냥 시키는 대로 움직여라. 그렇지 않으면 죽여 버리겠다."

"아, 알겠다. 가면 될 것 아닌가?"

마오는 순순히 그가 시키는 대로 움직였다.

*　　　*　　　*

이코노미 석에 나란히 앉은 화수와 그의 부하들은 짧은 휴식을 취했다.

꼭두새벽부터 쉬지 않고 경계를 섰더니 잠이 부족했던 것이다.

화수 역시 마나코어로 적지 않은 마나를 소모해서인지 상당한 피곤함이 몰려들었다.

"쿠울……."

옅은 잠에 빠져들었던 화수는 불현듯 자신의 뒤통수에 차갑고 묵직한 것이 닿는 것을 느꼈다.

철컥.

"아무런 말도 하지 마라. 작은 소리라도 냈다간 죽는다."

화수는 아주 조용하게 읊조렸다.

"후후, 아주 죽고 싶어서 환장을 한 놈이군."

"…닥쳐라. 아가리를 잘못 놀리면 모가지가 날아가는 수가 있다."

그는 눈을 들어 주변을 살펴봤다.

이코노미석 끄트머리엔 손과 발이 꽁꽁 묶인 마오와 그의 부하들이 입을 다물고 있었다.

그리고 나머지 부하들은 세상모르고 잠들어 있었다.

만약 지금 화수가 전력으로 그를 제압한다면 비행기 내부에 심각한 혼란을 조장할 수 있었다.

'난감하군.'

그는 일단 블랙의 말에 따르기로 했다.

"원하는 것을 말해라."

"일단 비행기가 하노이에 도착하면 넌 나와 함께 공항을 빠져나간다. 그리고 내가 시키는 대로 차를 몰아서 지정된 장소로 간다. 그게 내 조건이다."

화수는 고개를 끄덕인다.

"좋다. 하지만 비행기에서 소란이 일어나면 무슨 일이 벌어질지 모르니 일단 여기서는 총을 거두는 것은 어떤가?"

"개소리…… 그냥 닥치고 목적지까지 조용히 갈 생각이나 해라. 꼼수를 부렸다간 다 같이 죽는 거다."

궁지에 몰린 쥐는 고양이를 문다고 했던가?

지금 그는 자신의 목숨을 부지하기 위해 무슨 짓을 할지 모른다.

잘못하면 비행기가 추락하는 불상사가 생길 수도 있는 것이다.

"알겠다. 입을 다물어주지."

"…비행기에서 내리면 네놈부터 죽여주마."

"후후, 좋을 대로."

화수는 뒤통수에 총구를 매단 채 하노이로 향했다.

*　　　*　　　*

비행기에서 내린 이후에도 블랙은 계속해서 화수에게 총구를 겨누고 있었다.

"태연하게 행동해라."

어차피 마오의 부하들이 공항 검색대에 미리 손을 써두었기 때문에 검색대에서 문제가 생길 일은 없었다.

그러니 이대로 그를 공항 밖까지 달고 나간다고 해도 전혀 이상할 것이 없다.

물론, 화수가 마음만 먹는다면 지금 이 자리에서 그의 목을 비틀어버릴 수도 있다.

하지만 그는 블랙의 배후를 밝혀내기 위해 모든 것을 참아냈다.

"어디까지 갈 건가?"

"그냥 닥치고 따라와라."

공항 입구에 멈추어 선 블랙은 마오와 그의 부하들을 멈추어 세웠다.

"너희는 여기까지."

"보, 보스!"

화수는 고개를 끄덕였다.

"괜찮다. 아지트로 돌아가 있어라."

"하지만……."

"명령이다. 어서 가라."

블랙은 마오에게서 건네받은 자동차 열쇠를 손에 쥔 채 말했다.

"운전은 네가 한다. 어서 운전석에 앉아라."

"알았다."

순간, 마오의 부하들 중 하나가 분을 참지 못하고 몸을 앞으로 밀었다.

"이런 빌어먹을 자식을⋯⋯?!"

철컥.

"이 자식의 머리에 바람구멍이 나봐야 정신을 차리겠나?"

화수는 고개를 가로저었다.

"이놈의 말을 들어라. 나는 별 탈 없이 돌아갈 것이다."

"⋯알겠습니다."

이제는 진심으로 그를 걱정하는 부하들을 뒤로 한 채 화수가 차를 몰았다.

끝까지 뒤통수에 총을 겨누며 조수석에 오른 블랙이 화수를 원격조종하기 시작했다.

"일단 하노이 공항을 빠져나간다."

"알겠다. 그런 다음엔?"

"천천히 안내할 테니 그대로 차를 몰면 된다."

"알겠다."

그는 블랙의 명령에 따라 차를 몰았다.

*   *   *

베트남 다낭의 한 리조트에 도착한 블랙은 그제야 차를 세웠다.

"여기에 주차하고 나를 따라간다."

다낭은 베트남 중부 최대의 도시이면서도 관광명소로 잘

알려진 곳이다.

요즘은 신혼여행지 1순위로 꼽히는 곳이기도 하며, 베트남 최고의 호화리조트가 있는 곳이기도 하다.

블랙은 그런 다낭의 초호화 리조트 마캄에 차를 세우고 화수를 어느 지하실로 안내했다.

프론트를 거치지 않고 곧장 뒤뜰로 향한 화수는 블랙을 따라서 지하실의 문을 열었다.

"내 홍채를 인식시키면 네가 철문을 연다. 이해했나?"

"알겠다."

지하실 문은 홍채인식과 지문인식 두 가지 방법으로 지켜지는 듯했는데, 블랙의 홍채에 즉각적으로 반응했다.

아마도 이곳은 블랙을 위해 누군가가 만든 밀실인 것 같았다.

삐빅!

[안녕하십니까? 즐거운 하루 되십시오.]

홍재를 인식한 보인시스템이 두꺼운 철문이 보이도록 외벽을 개방했다.

쿠그그그그……!

이 정도 두께의 벽이면 기관총으로 하루 종일 두드려도 뚫리지 않을 듯했다.

게다가 그 안에 나타난 철문은 무려 1미터가 넘는 두께를 자랑하고 있었다.

아마 박격포로 이곳을 공격한다고 해도 절대로 문을 열 수 없을 것이다.

화수는 그를 따라서 밀실 안으로 들어섰다.

밀실의 안은 호화스러움과는 거리가 먼, 다소 적막함이 감돌았다.

"이런 곳에서 사람이 살 수는 있는 건가?"

"닥쳐라. 넌 그냥 이곳에서 내 말에 따르기만 하면 되는 거다."

블랙은 화수의 손과 발을 단단히 묶고 그는 의자에 다시 한 번 결박시켰다.

아마 어지간한 청년들은 이 속박을 벗겨낼 수 없을 것이다.

졸지에 납치감금을 당한 꼴이 되어버린 화수는 아주 의연하게 그를 바라보며 물었다.

"하나만 묻지. 도대체 넌 왜 이런 말도 안 되는 짓거리로 밥그릇을 지키고 있는 거지? 사람을 죽여서 얼마나 번다고?"

"시끄럽다. 네가 참견할 문제가 아니다. 이제 곧 내 클라이언트가 올 테니 그와 대화를 나누는 편이 좋을 것 같군."

"뭐, 대답을 하기 싫다면 어쩔 수 없고."

배후를 알아서 밝히겠다는데 굳이 화수가 그를 자극할 필요는 없었다.

적당한 시기에 기회를 봐서 정보만 빼내고 블랙을 처치하면 그만인 것이다.

이윽고 블랙이 삭막한 밀실 구석으로 다가가 냉장고 문을 열었다.

그리고 그곳에서 사과를 꺼내어 먹었다.

우드드득!

"으음······!"

아무래도 그는 사과를 상당히 좋아하는 모양이다.

"사과를 좋아하나?"

"그렇다. 불만인가?"

"아니, 살인자도 과일은 먹나 싶어서 말아야."

"···목숨이 아깝거든 이빨은 그만 보이는 것이 좋다."

"하여간 성질 한 번 더럽군."

쓸데없는 푸념을 늘어놓던 화수의 앞에 한 청년이 모습을 드러냈다.

철컹!

두꺼운 철문을 열고 들어선 그는 꽤나 준수한 외모를 가지고 있었다.

하지만 인상이 워낙 차가워서 어지간한 사람은 말도 제대로 못 붙일 것 같았다.

"잡아왔어?"

"응."

그는 밀실로 들어서자마자 화수의 얼굴을 발로 후려 찼다.

퍼억!

"크윽!"

"빌어먹을 자식들 같으니, 감히 남의 밥그릇에 재를 뿌려?"

고개가 옆으로 꺾일 정도로 세게 얼굴을 얻어맞은 화수의 입가에서 새빨간 선혈이 흘러내렸다.

화수는 자신의 입안을 돌아다니는 혈액 덩어리를 입 밖으로 내뱉었다.

"퉤! 거참, 성질머리 한 번 지랄 같군."

청년은 화수의 얼굴을 발로 걷어찬 것으로는 분이 풀리지 않는지, 이내 그의 얼굴에 주먹을 날렸다.

퍽퍽퍽!

"커흑!"

무려 세 방이나 연속으로 얼굴을 얻어맞은 화수는 얼얼한 얼굴을 주체할 수가 없어 턱을 위아래로 움직였다.

"꽤 하는데?"

이윽고 그는 화수에게 바짝 다가서며 물었다.

"물건을 되찾고 싶나?"

"원래 내 것이었으니 당연히 그래야 하는 것 아닌가?"

그는 고개를 가로저었다.

"쯧, 넌 아무래도 줄을 잘못 선 모양이다. 그 요망한 꽃뱀 년과 기생오라비 같은 자식과 붙어먹던 시점부터 네 인생은 배배 꼬였다고 할 수 있지."

아무래도 화수는 이 청년과 이번 사건이 아주 밀접한 관련이 있다고 판단했다.

지금부터는 더 이상 얻어맞은 수모는 겪지 않아도 될 것 같았다.

화르르르륵!

마도학은 기본적으로 마법을 시전할 수 있어야 사용할 수 있는 능력이다.

고로, 화수는 자신이 이룩한 마도학의 경지에 걸맞은 마법을 사용할 수 있었다.

지금은 비록 그 능력이 예전에 비해 보잘것없긴 하지만 초자연적인 현상을 일으키기엔 충분했다.

"불?"

"너희 두 명이 나를 즐겁게 해주었으니 이젠 내가 너희를 즐겁게 해줄 차례군."

"미친놈이군."

청년은 화수를 바라보며 실소를 흘렸지만 블랙의 입장에선 그게 아니었다.

이미 그의 괴물과도 같은 신체능력을 몸소 체험했기 때문이었다.

"젠장!"

화수는 슬그머니 미소를 머금었다.

"후회해도 소용없다. 이젠 돌이킬 수가 없게 되었어."

이윽고 화수는 자신의 심장에 있는 마나코어의 연결스위

치를 켰고, 몸의 기관들이 비약적으로 그 능력을 상승시켰다.

스스스스스스······.

순간, 파란색 기운으로 물든 화수의 몸이 주변의 공기흐름과 뒤섞여 은은한 빛을 뿜어냈다.

"자, 어디 한 번 제대로 놀아볼까?"

"흥! 미친놈이군! 죽어라!"

철컥!

권총을 겨누고 있는 그에게로 화수가 맹렬히 돌진했다.

*   *   *

타앙!

자신을 향해 달려드는 화수를 향해 권총을 쏜 루이드는 눈을 비비고 지금 상황을 되짚어봤다.

팟!

퍼억!

"크헉!"

분명 그는 권총을 제대로 겨누고 격발시켰지만 어쩐 일인지 탄환이 화수를 스치지도 못했다.

오히려 총알을 피해낸 화수가 몸을 날려 그의 안면에 펀치를 날렸다.

이것은 보통 인간의 상식으로는 도저히 이해할 수가 없는 장면이었다.

눈동자가 튀어나올 것 같은 충격을 받은 루이드가 넘어가자, 이제는 화수의 눈동자가 블랙을 향했다.

"젠장!"

블랙은 찰나의 빈틈을 보이는 화수에게 권총의 방아쇠를 당겼지만, 이번에도 역시 탄환이 적중하지 않고 허공을 갈랐다.

화수는 총알을 피해낸 후, 그의 목덜미에 발차기를 적중시켰다.

빠각!

"컥!"

마치 뼈가 뒤틀리는 듯한 소리가 들리며 블랙이 저만치 나가떨어치고 말았다.

하지만 그는 그에 굴하지 않고 다시 자리에서 일어나 화수에게로 맹렬히 돌진했다.

"이런 괴물 같은 새끼! 죽어라!"

꽤나 매서운 주먹을 가진 블랙이지만 도저히 화수와는 맞붙을 수 없는 경지다.

화수는 그의 주먹을 피하지 않고 정통으로 같이 주먹을 내질렀다.

"한동안 주먹을 못 쓰게 만들어주지."

이윽고 두 사람의 주먹이 부딪쳤다.

따악!

"크아아아아악!"

화수의 주먹과 마주친 블랙의 주먹은 으스러져 버렸고, 손목은 안으로 함몰되어 당분간 젓가락을 집을 수도 없을 것으로 보였다.

그 즈음에 정신을 차린 루이드는 지금 자신에게 벌어진 일을 두 눈으로 보고도 믿을 수가 없었다.

베트남은 물론이고 동남아 최고의 살인청부업자로 불리는 블랙이 이렇게 허무하게 당하리라곤 전혀 예상조차 할 수 없었던 것이다.

"사, 사람이 아니야⋯⋯!"

막상 그의 무지막지한 진면목을 보고나니 원래의 목적이고 뭐고 아예 생각조차 나지 않는 루이드다.

"젠장!"

"그냥 순순히 죽거나 무릎을 꿇어라. 그게 나을 거야."

"이런 빌어먹을 자식!"

다급한 마음에 문을 제대로 열 수조차 없는 그이기에 아무래도 화수에게서 도망치는 것은 불가능할 것으로 보였다.

"순순히 무릎을 꿇는다면 최소한 불구가 되는 신세는 면할 수 있을 거다."

"나, 난⋯⋯."

"아참, 그전에 호칭부터 정리하자고. 내가 너를 부리는 사람이니 나를 보스라고 불러라."

"그건……."

"싫어? 그렇다면 어쩔 수 없지."

화수는 루이드의 정강이를 발로 지근지근 밟았다.

퍽퍽퍽퍽!

"으아아악! 사람 살려!"

정강이뼈가 부러지는 고통은 이루 표현할 수가 없었다.

그럼에도 불구하고 그곳을 연속으로 계속 짓이겼다는 것은 상상조차 할 수 없는 고통을 수반했다.

눈이 거의 돌아갈 정도로 고통에 몸부림치는 루이드에게 화수가 물었다.

"너 혼자 한 거야, 아님 누군가 뒤를 봐주고 있는 건가?"

"허억, 허억……!"

너무 고통스러워 더 이상 말할 힘도 없는 그에게 화수가 슬며시 고개를 저으며 말했다.

"아무래도 병신이 되어봐야 정신을 차리겠군."

지금 이 상황을 만든 장본인인 화수가 마음을 먹는다면 정말로 불구가 될 것이다.

그는 세차게 고개를 가로저었다.

"다, 다 말씀드리겠습니다! 그러니 제발……."

"이제야 제대로 말을 할 마음이 생겼나?"

"예! 그러니……."

"알겠다. 말이나 한 번 들어보지."

화수는 냉장고에서 사과를 꺼내어 한 입 베어 물었다.

쫘드득!

"시작해라."

루이드가 천천히 입을 열었다.

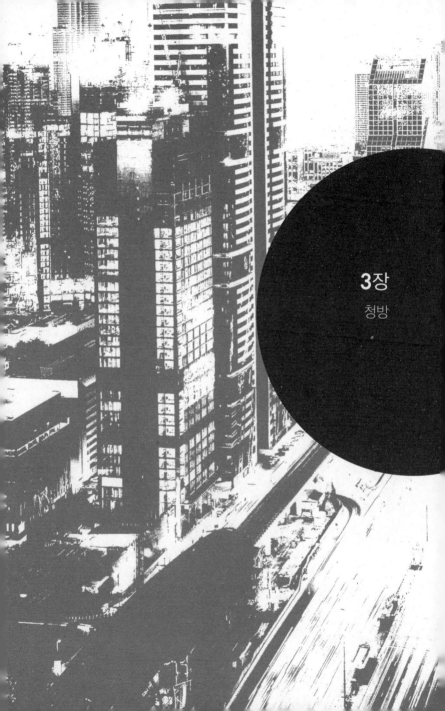

3장

청방

　루이드와 통칭 블랙으로 불리는 리처드의 밀실엔 짐짓 무거운 분위기가 흘렀다.

　화수는 무릎을 꿇고 앉은 두 사람을 바라보며 물었다.

　"…그러니까, 청방이라는 범죄조직이 돈을 받고 이런 일을 벌인 것이다?"

　"예, 그렇습니다. 베트남과 태국 쪽에선 꽤나 규모가 큰 범단입니다. 뒤를 봐주는 공안도 많고요."

　"너는 그 청방에 소속된 중간보스다?"

　"예."

　고분고분하게 화수에게 모든 것을 털어놓던 루이드가 불

안에 가득 찬 눈빛으로 그를 바라봤다.

"잘못하면 제가 죽습니다. 그러니 이번 일은 물건을 넘겨 드리는 것으로 덮어주심이……."

"엿 먹었으니 이젠 꺼지라?"

"아, 아니요! 그런 얘기가 아니라……!"

루이드의 얘기를 가만히 듣고 있던 리처드가 마침내 입을 열었다.

"정면 돌파가 좋겠다. 그냥 엎으시죠."

"뭐, 뭐라?!"

리처드는 유명한 살수로서 동남아지역을 떠돌아다니며 살고 있었지만 최근엔 청방의 간섭을 너무 많이 받고 있는 상태였다.

당연히 청방에게 반감을 가지고 있을 수밖에 없었다.

"사람을 죽도록 부려먹곤 중요한 순간에 나 몰라라 하는 조직이 청방 아닌가?"

"지금 청방을 등지고 살아가겠다고 선언하는 건가?"

"물론."

리처드와 루이드는 같은 영국 고아원 출신의 동양인 청년이다.

기구한 운명으로 인해 서로 범죄자의 길을 걷고는 있지만 한때는 소박한 꿈을 꾸며 살아가던 그들이다.

친구로서 서로에게 도움이 되는 일을 해주면서 살아온 그들이지만 이제는 그 길이 갈릴 듯했다.

"내 인생은 물론이고 네 인생을 망쳐놓은 청방이다. 그런데도 돌아가겠다고? 난 싫다."

"리처드……!"

리처드는 화수에게 깊이 고개를 숙였다.

"저를 아우로 받아주십시오! 그것도 싫다면 수하로 받아주십시오!"

"나의 수하로 들어와 무엇을 하겠다는 건가? 나는 그저 고물상을 운영하는 넝마주이일 뿐인데."

"보스께서 하시는 일이라면 무엇이든 따르겠습니다. 존경과 믿음을 쌓을 수 있도록 열심히 일하겠습니다!"

아마도 리처드는 화수와 함께 청방의 중요 간부들을 숙청해서 연을 끊어버리려는 모양이었다.

상당히 위험한 인물인 리처드이지만 이번 일을 처리하는 데 있어 그의 도움은 꼭 필요할 것으로 보였다.

물건만 찾아서 떠나면 일이 알아서 마무리되는 것도 아니거니와 앞으로 계속해서 수출입을 하자면 기반이 필요하다.

마오의 인맥과 리처드의 기술을 합친다면 그 기반을 닦는 것이 결코 불가능할 것 같지는 않은 화수다.

"내 수하가 되겠다?"

"예, 그렇습니다!"

화수는 밀실에 있던 냉장고에서 위스키를 한 병 꺼내어 개봉했다.

그리곤 잔을 가득 채워 그에게 건넸다.

"한 잔 해라. 아우로서 거둬 주겠다."

"저, 정말이십니까?!"

"하지만 이제부턴 돈을 받고 사람을 죽이는 일 따윈 하지 말아라."

"예, 알겠습니다! 배운 것이 도둑질이라고, 살인 말곤 할 수 있는 일이 없어도 형님을 따르겠습니다!"

해결사로서의 능력도 뛰어난 리처드를 잘만 이용하면 자리를 잡는데 유리할 것이다.

화수는 그와 함께 잔을 부딪쳤다.

"건배!"

팅!

두 사람은 잔을 남김없이 비워 버렸고, 루이드는 심각한 고민에 빠져들었다.

"난……."

그런 그에게 리처드가 말했다.

"어쩌면 이 기회에 우리가 손을 씻게 될 수도 있어. 처음엔 나도 이렇게 일이 꼬여 버린 것에 대해 불만이었지만, 이젠 오히려 잘된 것이라고 생각해. 지금까지 우리의 인생을 한번 돌이켜봐. 한 번이라도 제대로 살아본 적이 있었어?"

"그건 그렇지만……."

지금까지 25년, 리처드와 루이드는 손에 피와 먼지만 묻히고 살아왔다.

"우리도 이젠 행복이라는 것을 찾아보자고."

드디어 루이드 역시 화수를 따르기로 했다.

"저 역시 배운 것이라곤 깡패 짓거리뿐입니다만, 형님께서 아우로 받아주신다면 갱생하겠습니다."

"좋다, 아우로 받아주겠다."

화수는 자신이 먹은 잔에 다시 술을 채워 그에게 건넸다.

"마셔라."

"예, 형님."

그는 화수가 건네준 잔을 단숨에 비워냈다.

*　　　*　　　*

베트남 하노이에 위치한 뒷골목 선술집, 호앙은 리처드와 루이드를 아우로 만들어 데리고 온 화수를 바라보며 고개를 가로저었다.

"독종이군요. 그냥 한국에서 중고품만 취급하는 사업가인 줄 알았더니, 그게 아니었던 모양입니다."

"사람이 어떻게 한 가지 일만 하면서 살 수 있겠습니까? 여러 가지 사정이 있는 법이지요."

호앙은 두 사람이 말한 청방이라는 조직에 대해 다소 회의적인 입장을 보였다.

"그들이 호냐음의 의뢰를 받고 우리 사업을 무마시키려는 것은 알겠습니다. 하지만 괜히 청방을 건드렸다가 일만 커지는 것 아닌지 모르겠습니다."

리처드와 루이드는 이번 사건의 최종 배후엔 호냐음 조합이 있다고 말했다.

그들은 중고시장 장악을 위해 물량을 도둑질하고 그 요주인물들을 납치하려고 했던 것이다.

리처드는 앞으로의 일에 대해 역설했다.

"지금 그들을 어떻게 하지 않으면 앞으로도 사업을 할 수 없을 겁니다. 암세포는 미연에 잘라내는 것이 좋지요."

"하지만 무슨 수로요?"

이윽고 술집 안으로 뒷골목 뜨쟁이 마오가 들어섰다.

"부르셨습니까?"

화수는 그를 가리키며 말했다.

"마오의 인맥과 루이드의 조직력이 합쳐지면 충분히 승산이 있는 싸움이 될 겁니다."

"그렇지만 일개 조직의 보스가 청방을 이길 수 있겠습니까?"

리처드는 테이블에 자신의 단도를 꽂아 넣었다.

쾅!

이글거리는 그의 눈빛에 주변의 공기가 얼어붙는 것 같았다.

"…청방의 보스를 보낼 겁니다. 그러니 그 부분에 대해선 걱정할 필요가 없습니다."

"살인을 하겠다는 말입니까?!"

화수는 고개를 가로저었다.

"그냥 그를 보스의 자리에서 밀어낼 뿐입니다. 그렇게 하면 청방의 세력이 분산되니까 충분한 승산이 있지요."

"으음……."

"그러니 사장님께선 지금 준비하시는 사업들을 추진하시고 제 사업 또한 도와주시면 됩니다. 기세를 잃어버리지 않도록 노력하는 겁니다."

호앙은 천천히 고개를 끄덕였다.

"알겠습니다. 제가 뭐 도와드릴 일은 없겠습니까?"

화수는 슬그머니 미소를 지었다.

"물건 값이나 치러주십시오. 다 같이 도시락이라도 먹자면 돈이 좀 빠듯하거든요."

"후후, 도시락 값은 제가 대지요. 물론 대금도 바로 송금할 것이고요."

리처드를 비롯한 화수 일행이 자리에서 일어섰다.

"우리는 당장 행동을 시작할 겁니다. 사장님께선 강한성 사장을 잘 돌봐주십시오."

"그건 걱정하지 마십시오."

"그럼……."

네 사람이 술집을 나서자, 그들의 곁으로 30명가량 되는 사내가 모여들었다.

"가지."

"예, 형님."

화수는 이들을 수하보단 동생으로서 아우르기로 했다.

다만, 나이가 많은 마오만이 그를 보스라고 부를 뿐이었다.

*　　*　　*

우기를 맞은 베트남 호치민, 이곳을 관통하는 메콩을 따라 수상가옥이 줄을 지어 늘어서 있다.

그런 수상가옥 중에서도 유난히도 으리으리한 수상저택이 메콩강 유역을 부유하고 있다.

저택의 주변에는 크고 작은 가옥들이 다닥다닥 붙어 있었는데, 그들은 모두 저택을 경비하는 조직원들이 기거하는 집이다.

수상저택에는 청방의 보스인 타잉 홍이 살고 있다.

타잉 홍은 살해의 위협을 피하기 위해 일부러 수상 생활을 선택했으며, 특별한 일이 없다면 어지간해선 수상저택을 벗어나는 일이 없었다.

늦은 밤, 타잉 홍이 술잔을 들고 저택의 테라스로 모습을 드러냈다.

"후우, 좋군."

올해로 딱 쉰이 된 그는 유난히도 혼자 사는 것을 즐기는 사람이었다.

개중에는 그가 성기능을 발휘할 수 없어서 여자를 멀리하는 것이라고 말하곤 한다.

하지만 그가 어째서 혼자서 살아가는 것인지 정확히 하는 사람은 아무도 없었다.

불어오는 강바람을 맞으며 술잔을 비워내던 그는 문득, 자신의 머리 위로 뜬 달을 바라봤다.

"밝구나."

사실, 타잉 홍은 처음부터 청방이라는 조직을 이끌 생각이 전혀 없었다.

원래 시를 사랑하고 소설에 빠져 사는 문학청년이었던 타잉 홍은 서른이 되는 순간부터 조직의 보스로서 살아왔다.

그의 형인 하이는 동생들을 먹여 살리기 위해 스스로 범죄자가 되었고, 결국엔 청방이라는 조직을 결성하게 되었다.

하지만 조직을 결성하자마자 동료들의 배신으로 죽음을 맞이했고, 타잉 홍은 형의 복수를 위해 총을 들게 된 것이다.

복수를 하자면 조직의 수뇌부들을 모조리 쏴 죽여야 했으니, 혼자서 조직을 장악해야 하는 것은 당연한 일이었다.

그저 형에게 들은 지식들을 이용해 사람을 죽이고 매장시키는 방법을 택한 타잉 홍은 무려 한 달 만에 청방을 접수했다.

그리고 그의 형을 이어서 청방의 제2대 방주가 된 것이었다.

한마디로 그는 형의 복수 외엔 아무런 욕심도 없었던 사람인 셈이다.

"오늘따라 유난히도 형님이 보고 싶구나……."

팔자에도 없는 보스 노릇을 하면서 20년 동안이나 혼자 살아온 타잉 훙이다.

이젠 그만 스스로를 위한 삶을 살아가고 싶었다.

하지만 그랬다간 형이 이뤄놓은 청방이 분열을 일으킬 테니 쉽사리 그럴 수가 없었다.

아무래도 그는 후계자를 지정할 때까지 계속 청방을 이끌어야 할 모양이다.

이런저런 생각에 빠져 술잔을 기울이던 그는 불현듯 자신을 향해 무언가 검은 물체가 날아오고 있음을 느꼈다.

팟!

"저건……?!"

이윽고 그의 앞으로 검은 물체가 날아와 부딪쳤다.

퍼억!

"커흑!"

아무리 감각이 뛰어난 사람이라고 해도 이렇게 늦은 밤에 앞을 제대로 볼 수 있는 사람은 아마 없을 것이다.

거기다 자동차보다 빠른 속도로 무언가가 쏘아져 날아오니, 당연히 피할 수가 없었던 것이다.

어렴풋이 보이는 한 사내의 실루엣, 그는 고개를 갸웃거렸다.

"…누구냐? 누가 보냈나? 후안이냐?"

사내는 아무런 대답이 없었다.

도무지 정체를 알 수가 없는 그의 곁으로 한 청년이 날아들었다.

팟!

도대체 무슨 기교를 부리기에 이 야밤에 하늘에서 신영을 뚝 떨어뜨릴 수 있단 말인가?

하늘에서 갑자기 떨어져 내린 그들이기에 당연히 호위병력 따윈 무용지물이었다.

타잉 홍은 드디어 자신의 생명이 다 할 것임을 직감했다.

'죽겠군.'

하지만 그의 예상과는 다르게도 청년들은 부드러운 말투로 타잉 홍을 이끌었다.

"일단 안으로 들어갑시다."

상당히 신사적인 그의 말투, 타잉 홍은 이 모든 상황이 헷갈리기 시작했다.

그런 그에게 청년들이 말했다.

"조금 후에 모든 것을 말해주겠습니다. 그러니 일단 안으로 들어가시죠."

"…좋소."

타잉 홍은 두 개의 신영과 함께 저택 안으로 들어갔다.

　　　　　　　＊　　　　＊　　　　＊

　리처드는 청방의 보스 타잉 훙이 생각보다 훨씬 더 소탈하다고 말했었다.

　화수는 그 이상으로 타잉 훙이 괜찮은 사람이라는 것을 느꼈다.

　"…으음, 그러니까 우리의 청탁 행위로 인해 당신이 손해를 받았다는 이것이군. 그렇소?"

　"맞습니다. 일이 그렇게 되었습니다."

　타잉 훙은 난감한 표정을 지었다.

　"내선에서 그 문제를 마무리 지었으면 좋겠지만, 그랬다간 청방이 분열되는 사태가 벌어질 수도 있소. 워낙 나를 노리는 중역이 많아서 말이오."

　청방은 수많은 군소조직이 모여 만들어진 세력이다.

　당연히 타잉 훙을 노리는 중간보스들이 득실거리게 마련이다.

　화수는 그에게 아주 산뜻한 제안을 했다.

　"만약에 당신이 우리를 도와준다면 지금의 청방을 유지하는 선에서 낙향할 수 있도록 해드리겠습니다."

　"낙향……?!"

　타잉 훙은 20년 전부터 초야에 묻혀 글이나 읽으며 살고 싶었던 사람이다.

그런 그에게 낙향이라는 두 글자는 그야말로 참을 수 없는 유혹이었다.

"어떻습니까? 당신이 없는 청방이 그대로 무너지지 않는다면 물어날 수 있는 것 아닙니까?"

"그렇다면야 당연히……."

"당신의 자아를 되찾으셔야지요."

순간, 타잉 홍은 눈을 번쩍인다.

"…정말로 가능하겠소?"

"물론입니다. 당신에게 반하는 세력들만 정리하고 나면 청방은 스스로 자생할 수 있는 여건이 됩니다."

그는 화수의 제안에 따르기로 했다.

"좋소. 내가 뭘 어떻게 해주면 되겠소?"

화수는 그에게 차근차근 자신의 계획에 대해 설명하기 시작했다.

*　　　*　　　*

청방의 총회의가 있는 날, 방주의 수상가옥으로 수뇌들이 모두 모여들었다.

총 20명의 수뇌는 청방의 방주 타잉 홍이 모습을 드러내기만을 기다리고 있었다.

"벌써 30분이 지났네. 도대체 방주는 어디서 무엇을 하고 계시다는 말인가?"

타잉 홍을 가장 가까이서 보필하고 있는 린하이가 난감한 표정을 지었다.

"그게……."

청방의 수뇌부는 말끝을 흐리는 그를 닦달하기 시작했다.

"똑바로 말하게. 지금 방주는 도대체 어디로 간 건가?"

"…적의 습격을 받아 연락이 두절되셨습니다. 다만, 그분께서만 아시는 세이프 하우스에 몸을 숨기고 계시다는 것만은 확실합니다."

"뭐, 뭐라?! 방주가 습격을?!"

"도대체 어떤 놈들이 감히 우리 청방을 건드렸단 말인가?!"

"그건 저희도 아직 파악 중에 있습니다. 조금의 말미만 주신다면……."

쾅!

"지금 그걸 말이라고 하나?! 방주라는 사람이 없어졌는데 말미를 달라?! 죽고 싶은 건가?!"

"면목 없습니다!"

유난히도 큰 소리를 낸 그는 자신을 바라보는 수뇌들에게 말했다.

"보스를 습격한 놈들을 먼저 찾아내는 것이 옳지 않겠소?!

그래야 나중에 방주를 만났을 때 면옥이 서지."

"으음, 그건 그렇습니다만……."

"그것보단 방주를 먼저 찾는 것이 급선무 아니겠소? 방주가 없는 청방이라니, 있을 수 없는 일이오."

방주의 자리는 청방의 조직력을 아우르는 아주 중요한 자리다.

그와 동시에 막강한 권력과 재력을 가지는 청방의 왕좌이기도 하다.

"…우선 조직을 건사하는 것이 먼저요."

"그건 그렇지만……."

"조직이 흔들린다면 방주께서 돌아오실 때 크게 실망하지 않겠소?"

"하긴, 그건 그렇소."

수뇌들은 하나같이 방주를 찾는 것보다 먼저 적을 제거하는 데 전력투구하기로 한다.

"각기 자신의 부하들을 풀어 적을 색출하는 데 모든 인력을 집중합시다."

"좋소."

보스가 없는 청방이 본격적으로 움직임이기 시작했다.

*   *   *

베트남 하노이의 한 유흥주점, 청방의 수뇌부 로안이 운영하는 곳이다.

이곳으로 한 무리의 사내가 줄을 지어 달려오고 있었다.

"와아아아!"

그들의 특징은 모두 한결같이 연파란색 용이 그려진 점퍼를 입고 있다는 것이었다.

유흥주점 '메티' 의 웨이터들은 그들이 같은 청방의 식구들임을 믿어 의심치 않았다.

하지만 그 믿음은 여지없이 깨지고 말았다.

"쓸어버려!"

"예!"

"뭐, 뭐야?! 당신들, 같은 청방 사람들 아니야?!"

"홍! 같은 청방 사람이라니. 보스가 없는 조직에 같은 조직원이라는 소리가 어디에 있나?! 쓸어버려!"

"예!"

몽둥이부터 벽돌까지, 무기의 종류도 제각각이었다.

청년들은 메티의 내부로 들어와 보이는 대로 물건을 부수고 사람들을 두들겨 패기 시작했다.

퍽퍽퍽!

"뭐, 뭐야?! 다짜고짜 사람을 패나?!"

"꺄아아아악!"

그나마 여자들은 매는 피하는 형국이었지만 옷이 반쯤 벗겨져 차마 눈을 뜨고 쳐다볼 수 없는 몰골이 되어버렸다.

보이는 족족 두들겨 맞는 바람에 주점 메티의 광경은 그야 말로 아수라장이나 다름이 없었다.

"주방까지 밀고 들어가서 아예 장사를 못 하도록 한다!"

"술은 어떻게 합니까?!"

"어떻게 하긴, 우리가 접수해야지."

"예, 알겠습니다!"

이곳을 관리하는 지배인 홍롱은 재빨리 청방의 총본부에 전화를 걸었다.

―연결이 되지 않습니다…….

"뭐야?! 총본부가 부재중이라니, 말이 되는 소리인가?!"

난리가 난 유흥주점 메티에 공안이 들이닥칠 때 즈음, 그들 은 술만 챙겨서 유유히 현장을 빠져나갔다.

"가자!"

"예, 알겠습니다!"

초토화가 된 메티에는 오로지 난동의 잔재만이 남아 있을 뿐이었다.

유흥주점 메티가 초토화가 될 즈음, 20분 거리에 있는 클럽 코쿠나에도 청방을 상징하는 점퍼를 입은 청년들이 들이닥쳐 난동을 부리고 있었다.

"쓸어버려!"

"꺄아아아악!"

"보이는 족족 다 때려 부숴 버려!"

"예!"

눈에 보이는 물건들은 죄다 파손되었고, 심지어는 클럽을 운영하는 데 가장 중요한 음향 장비와 조명 장비들까지 모두 박살이 나버렸다.

이 정도의 타격이라면 하루 이틀 장사를 공치는 것으론 복구할 수도 없을 정도로 심각한 타격이라고 할 수 있었다.

더군다나 이곳으로 진입하는 골목을 봉쇄당하는 바람에 경찰이나 공안이 출동하는 데 꽤나 애를 먹고 있었다.

한마디로 누군가 이곳을 아예 폐쇄시키기 위해 움직이고 있다는 소리였다.

클럽의 매니저들은 방법을 강구하기 위해 동분서주하고 있었지만 그것이 가능할 리가 없다.

같은 조직원들이 클럽을 휩쓸고 있는 마당에 도대체 누구에게 도움을 청한단 말인가?

"매니저님들, 이젠 정말 피하셔야 합니다!"

그들 역시 조직에 속한 몸으로서, 뒷골목에서 잔뼈가 굵은 사람들이다.

만약 여기서 도망친다면 이 짓거리론 밥 벌어 먹고살기 힘들다는 것을 잘 알고 있었다.

하지만 맞아 죽기 싫다면 몸을 피하는 수밖에 없다.

"젠장!"

"일단 피하자고! 그래야 후일을 도모할 수 있을 것 아닌가?!"

이를 악문 매니저들이 클럽을 빠져나갔다.

*   *   *

이튿날 아침, 청방의 수뇌 두 명이 비밀스러운 접견을 가졌다.

"…지금 이게 뭐하는 짓인가?"

"나야말로 묻고 싶군. 도대체 나에게 왜 이러는 건가?"

유흥주점 메티를 운영하고 있는 리안은 자신의 클럽을 친 사람이 다름 아닌 린광이라고 믿어 의심치 않고 있었다.

만약 이것에 단순한 오해라면 모를까, 린광 역시 자신의 클럽이 초토화된 사건의 주모자를 리안이라고 생각하고 있었다.

한마디로 두 사람은 하루아침에 철천지원수가 되어버린 셈이었다.

"…전쟁을 하자는 건가?"

"나야말로 묻고 싶군. 이 어려운 시기에 전쟁을 불사하다니, 내 클럽이 그렇게도 탐이 났던가?"

"개소리! 자네야말로 메티를 호시탐탐 노리고 있지 않았던가?!"

"이런……!"

누가 먼저랄 것도 없이 두 사람은 권총을 꺼내 들었다.

철컥!

"굳이 피를 봐야겠다면 그 도전, 받아들이지!"

"후후, 빈 수레가 요란하다고 하더니. 지금 자네의 꼴이 딱 그러하군!"

"지금 이 경솔한 행동에 대해 후회하게 될 날이 올 것이야!"

"이하동문!"

두 사람은 모두 서로에게 총구를 겨눈 채 반대쪽으로 걸어갔고, 이제부터 둘의 악연은 본격적으로 심화될 것으로 보였다.

하루아침에 일어난 집안싸움의 여파는 생각보다 크게 작용했다.

리안과 린광이 싸움을 일으키자, 수뇌부는 타 세력을 찾아내는 것보다 서로 편 가르기를 하느라 바빴던 것이다.

평소 청방의 방주에게 반감을 가지고 있다는 공통분모를 가지고 있던 두 수뇌이지만 그 성향이 너무나도 달랐던 것이다.

결국엔 오해를 푸는 방향으로 일을 마무리할 수 있음에도 불구하고 조직이 반 토막이 나게 되었다.

아니, 어쩌면 애초에 이 둘은 서로에 대한 반감을 증폭시켜 조직을 양분하고 싶었던 것인지도 모른다.

평소에는 친형제처럼 굴더니, 막상 일이 터지자 기다렸다는 듯이 태도를 바꾼 것이었다.

둘의 성향을 이분하자면 이렇다.

리안은 급진적인 성향을 가진 사람으로, 지금까지 이어져 오던 조직의 전통에서 탈피한 체제를 구축하고자 했다.

그에 반해 린광은 보수적인 성향이 강한 사람이라 새로운 체재에 대한 반감을 가지고 있었다.

두 사람 모두 신임 보스를 달가워하지 않는 것은 마찬가지였지만 애초에 섞일 수 없는 물과 기름 같은 존재였던 것이다.

그 깊은 골은 결국 조직 내부의 난동으로 인해 밖으로 표출되어 버린 것이었다.

결국 수뇌부는 크게 세 가지 분류로 나뉘게 되었다.

리안을 따르는 급진파와 린광을 따르는 온건파, 그리고 보스를 기다리겠다는 중립, 이렇게 세 갈래로 나뉘게 된 것이다.

보스를 기다리겠다는 중립파는 자신들의 사업장을 지키는 선에서 싸움에 참여하게 되었다.

늦은 밤, 리안의 부하들과 린광의 부하들이 하노이의 한 폐공장에 모여들었다.

그들은 몽둥이와 칼을 들고 서로 대립해 있었다.

무리의 중앙에는 리안과 린광이 서로를 노려보며 이를 바득바득 갈았다.

"죽여도 좋다. 아니, 남은 놈이 하나도 없을 때까지 싸워야 한다!"

"예, 보스!"

"쓸어버려!"

폐공장 안을 전장삼아 벌어진 두 조직 간의 싸움은 그야말로 아수라장이 따로 없었다.

퍽퍽퍽!

"크허어억!"

몽둥이로 사람을 무자비하게 두들겨 패는가 하면 옆구리에 칼침을 놓는 사내들도 있었다.

서걱!

"으허어억……."

"이런 미친 자식! 정말로 찌를 셈인가?!"

"흥! 어차피 벌어진 판이다. 더 이상 뭘 더 따지겠나?!"

"젠장!"

행동대장 급의 조직원들은 보이는 대로 사람을 찔러 나갔고, 처음엔 그저 주먹질이나 하려던 일개 조직원들도 그를 따라 칼질을 시작했다.

푸하아아악!

"으헉!"

여기저기서 피가 튀고 살점이 뒹구는 무간지옥이 연출되는 가운데, 폐공장의 문이 열렸다.

콰앙!

"돌입!"

"돌입하라!"

"이 새끼들은 또 뭐야?!"

온몸을 시위용 보호구로 두른 경찰이 진압용 봉을 들고 두 조직원들을 사정없이 두들겨 패기 시작했다.

퍽퍽퍽퍽!

"아아악! 이런 젠장!"

설마하니 경찰이 투입될 줄은 꿈에도 몰랐던 두 조직원들은 혼비백산해서 도망을 치기 바빴지만 소용이 없었다.

밖에서 대기하고 있던 경찰특공대 3개 중대가 그들에게 총을 겨눈 것이다.

철컥!

―움직이면 쏜다! 모두 무기를 버리고 투항하라!

미처 몸을 피할 새도 없이 경찰에 붙잡힌 두 명의 수뇌는 서로를 바라보며 이를 갈았다.

"이런 개만도 못 한 새끼를 보았나?! 하다하다 이젠 경찰까지 불러?!"

"흥! 뻔뻔하기 이를 데가 없군! 경찰을 부른 것이 누구인데 입을 놀려나?!"

경찰은 끝까지 날을 세우는 두 사람에게 수갑을 채웠다.

"너희 둘을 살인교사 및 범죄단체특별법 위반 등에 의거, 현장에서 긴급 체포한다. 묵비권을 행사할 수 있으며 변호사를 선임할 권리가 있다."

"사, 살인교사?! 그저 조직 간의 세력다툼에 무슨 살인교사까지 적용이 되는가?!"

경찰들은 바닥을 나뒹굴고 있는 피투성이 청년들을 가리키며 말했다.

"칼을 맞은 놈들이 보이지 않나? 저놈들은 도대체 누구의 명령을 받고 칼에 맞은 거지?"

"그, 그건⋯⋯."

"살인교사 혐의는 적용된다. 그러니 잔말 말고 따라오도록."

"이런 빌어먹을!"

두 조직의 싸움은 결국 경찰의 개입으로 끝을 맺었다.

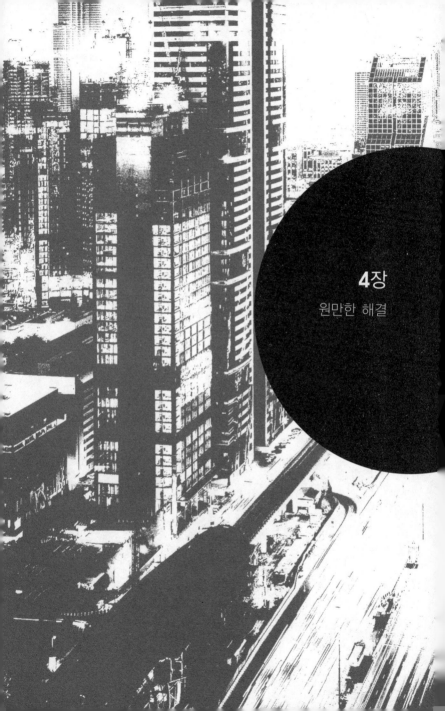

4장

원만한 해결

청방의 조직원 100명이 무더기로 경찰에 끌려간 후, 그들이 운명하던 사업장은 중립파 보스들에게 넘어가게 되었다.

그들은 오로지 청방의 방주에게만 충성을 다하는 강직한 성격의 보스다.

없어진 보스를 찾겠다고 움직일 수 있는 모든 조직원을 동원해 보스를 찾고 그를 습격한 세력에게 복수하기 위해 칼을 갈고 있었던 것이다.

그들은 방주가 돌아오면 그에게 바치겠다며 업장을 자신들이 장악하고 관리하고 있었다.

이른 아침의 선상 저택, 중립파 보스들이 방주의 전언을 듣기 위해 모여들었다.

"방주께선 어디에 계시는가?"

방주를 최측근에서 보필하는 비서들은 그저 쪽지 한 장을 건넬 뿐이다.

"이런 쪽지를 남기셨습니다. 모두 함께 읽어보시죠."

"무슨 내용인가?"

"내용은 저도 잘 모릅니다. 그저 방주께서 남기신 것이라는 것만 알고 있습니다."

풍차모양으로 접어진 쪽지를 펼쳐본 중립파 보스들은 가장 먼저 방주의 직인부터 확인했다.

방주가 부하들에게 전언을 남길 때엔 반드시 청룡문양의 도장과 야광안료가 사용된다.

겉보기엔 알 수가 없고 불을 꺼야 청룡문양이 아주 자세하게 드러나도록 되어 있다.

이것이야말로 청방의 수뇌부들밖에 알 수 없는 비밀인 것이다.

수뇌부는 회의실의 모든 불을 끄고 햇빛을 막았다.

그러자, 쪽지의 끄트머리에 야광으로 된 청룡 한 마리가 그 모습을 드러냈다.

"오오, 드디어 방주께서 돌아오신 것인가?!"

"일단 내용부터 확인해 보지."

일단 방주가 살아 있다는 것은 그들에게 있어선 희소식이

나 기쁨은 나중에 나눌 수 있으니 잠시 접어두기로 했다.

편지의 내용은 빔 프로젝터로 모두에게 공개되었다.

[청방의 수뇌부들은 보아라. 나는 지금 인터폴의 추격 때문에 러시아에 머물고 있다. 마음 같아선 인터폴을 박살 내고 방으로 돌아가고 싶지만 여건상 그럴 수가 없다.

그래서 나는 일단 방의 중대한 사안들을 수뇌부에서 다수결로 결정해 처리하는 방법을 선택하기로 했다. 도대체 얼마나 긴 시간 동안 이곳에 머물게 될지는 알 수 없지만 언젠가는 꼭 돌아갈 것을 약속한다.

그때까지 경찰서에 끌려간 급진파와 온건파의 사업장을 N분의 1로 나누어 각 보스가 관리할 수 있도록 하라. 다시 한 번 강조하지만 다수결을 원칙으로 한다.

내가 돌아갈 때까지 각 조직에서 1년씩 임시 의장을 선출해서 의결을 진행시킬 수 있도록 하라. 그럼 내가 돌아갈 때까지 청방이 온전히 남아 있기를 바란다. ―방주]

편지를 모두 읽은 수뇌들은 낮게 신음했다.

"으음, 그렇게 상황이 좋지 않은가? 도저히 이곳으로 돌아오실 수는 없는 건가?"

"그렇습니다. 현재 인터폴과의 추격전에서 심각한 부상을 입고 요양하는 중이십니다. 몸이 좋지 않으신 데다 인터폴의 추격까지 이어지고 있으니 움직이실 수가 없는 것이지요."

"그렇다면 하루 이틀 만에 돌아오실 수는 없는 노릇이겠군."

"예, 그렇지요."

비서들은 각 보스에게 투표용지를 건넸다.

"그래서 지금 당장 임시 의장을 선출해서 방을 유지시킨다는 것이 방주님의 방책입니다. 모두들 그렇게 알고 따라주셨으면 합니다."

방주의 말이 곧 법이라고 믿는 그들에게 반항이란 있을 수 없었다.

"임시 방주의 자리가 상당히 무겁고 부담스러운 자리인만큼 당선된 임시 의장은 1년 동안 특별 수당을 조금 더 받는 것으로 하지."

"그 금액은?"

"임시 수장을 뽑은 후에 결정하도록 하는 것이 어떤가?"

"뭐, 그렇게 하세."

그저 명령에 따르는 그들에게 의견 충돌이란 있을 수도 없었다.

임시 방주를 선출하는 선거가 이어졌다.

*   *   *

타잉 홍은 청방이 임시 방주를 선출하고 그들만의 룰을 만들어 살아가고 있음을 화수에게 전해 들었다.

"당신은 지금 러시아에서 요양을 하고 있다고 알려졌습니다. 이제 그곳에 머물면서 가끔 부하들에게 편지나 한 통씩 써주시면 됩니다. 일이 이렇게까지 되었으니 그들 역시 별다른 반발은 없을 테지요."

"고맙네. 자네 덕분에 나 역시 영혼을 되찾을 수 있게 되었군."

화수는 고개를 가로저었다.

"아닙니다. 저 역시 얻는 것이 많은 판이었습니다."

화수는 이번 일로 인해 두 명의 아우와 조직원들을 얻었다.

과연 그들이 나중에 어떤 식으로 화수의 인생에 끼어들지는 아무도 모르는 일이지만 지금 당장은 든든한 아군이 되어 주었다.

일이야 어찌 되었던 화수에겐 소중한 인연이 된 것이다.

화수는 단출하게 짐을 챙긴 타잉 홍에게 물었다.

"이젠 어디로 가실 겁니까? 어차피 부하들에게 1년에 한 번씩 편지만 보내면 되는 일이니 멀어도 상관이 없겠지요."

타잉 홍은 자신이 가지고 있던 사유재산을 절반만 떼어주고 모두 가지고 나왔다.

그러니 마음만 먹으면 초호화 수상저택 정도는 가볍게 살 수 있는 돈을 가지고 있을 터였다.

이 정도 재력이면 세상 어느 나라를 가도 그 대우는 받게 마련이다.

하지만 타잉 홍은 그의 성미에 맞는 선택을 내렸다.

"그냥 베트남 강변투어를 다닐 거야. 그럼 거침이 없도록 전국을 떠돌아다닐 수 있으니까."

꽤나 낭만적인 선택이지만 어지간해선 혼자 하기 힘든 결정일 것이다.

"진심입니까?"

"물론. 강변에 살면서 내 남은 인생을 시에 바칠 생각일세."

"진정한 시인이로군요."

"후후, 원래 시인은 바람처럼 왔다가 바람처럼 가는 법이지."

남자라면 한 번쯤 꿈꿔왔을 바람과 같은 삶을 지향하고 있는 다잉 홍이다.

이젠 바람보다 안정을 찾기 힘든 화수이지만 그 생각에 충분히 공감할 수 있었다.

다잉 홍은 자신의 길을 나서기 전에 화수에게 한 가지 선물을 주었다.

"아무튼 자네가 벌이고 있는 사업에 대해선 앞으로 그 어떤 간섭도 없을 걸세. 내 이름을 걸고 맹세하지."

"감사합니다."

"소신 있는 사업가가 되게. 그리고 어떤 일을 하든 뚝심 있고 분별력 있도록 하게. 간만에 진짜 사업가다운 사업가가 탄생할 수 있도록 말이야."

"명심하겠습니다."

타잉 홍은 화수에게 짧은 조언만을 남긴 채 돌아섰다.

* * *

호앙의 중고품 전문점을 향했던 테러는 이제 슬슬 호냐흠 조합에 가입한 점포들을 향하기 시작했다.

콰앙!

"꺄아아악!"

대낮부터 술에 취한 청년이 한 손에 쇠파이프를 쥔 채 호냐품 조합에서 운영하는 중고 오토바이 점포를 습격하고 있다.

"딸꾹! 어이, 사장 나오라고 해! 이런 미친, 사람이 왔으면 대답을 해야 할 것 아니야?!"

"취하셨으니 그만 돌아가시죠. 그렇지 않으면 경찰에 신고할 겁니다."

"신고? 신고?! 푸하하하! 하려면 해라! 하지만 이렇게 가만히 앉아서 당하지만은 않을 거다!"

이윽고 청년은 거침없이 바지를 내리더니 이내 키득거리며 소변을 싸기 시작했다.

쇄아아아아……!

"큭큭큭! 어떠냐?! 냄새 좋지?! 밭에 주면 나무가 자라고 곡
식이 익는 천연비료다! 많이 먹어라, 몸에 좋은 거다!"

"이런 미친 자식을 보았나?!"

더 이상은 가게의 이미지 때문에 참을 수 없게 된 점주는
취객을 야구방망이로 두들겨 팼다.

퍽퍽퍽퍽!

"크허어억!"

"나도 이러고 싶어서 이러는 것은 아니다. 그러니 나를 원
망하지 마라."

점주에게 몇 대인가 얻어맞은 그는 자리에서 벌떡 일어섰
다.

"나를 쳤겠다?! 각오하는 것이 좋을 거다!"

연신 고개를 갸웃거리고 있던 점주는 이내 그의 호언장담
이 왜 불쑥 튀어나왔는지 알 수 있었다.

"형님!"

"아이고, 아우! 내가 저치에게 죽지 않을 만큼만 두들겨 맞
았어!"

"이런 개새끼를 보았나?!"

"자, 잠깐! 행패를 부린 쪽은……."

"흑흑! 나 죽네!"

20명의 사내는 더 이상 볼 것도 없다는 듯이 쇠파이프를 휘

둘렀다.

"밟아!"

"예, 형님!"

퍽퍽퍽퍽!

"컥!"

사람이고 물건이고 가리지 않고 모조리 초토화시킨 매질은 무려 20분 동안이나 이어졌다.

이런 매질을 견뎌낼 수 있는 것은 세상에 아무것도 없을 것이다.

"허억, 허억……! 도대체 우리에게 왜 이러는 건가?!"

청년은 어깨를 슬쩍 들었다 놓았다.

"왜 이러긴. 네가 인생을 잘못 살고 있기에 벌어진 참극인 게지."

"크흑……!"

"앞으론 네가 어째서 호냐음 조합에 가입해서 이 사단을 만들었는지 고찰하게 될 거다."

"아아… 조합!"

소정의 목적을 이뤄낸 청년들이 자리를 떠났다.

"가자! 만약 갖고 싶은 것이 있다면 나중에 다시 찾아와 가지고 가기로 하고."

"예, 형님!"

20명의 청년이 사라지자 그는 망연히 부서진 가게를 바라보았다.

*   *   *

호냐음 조합에 소속된 점포들이 하나둘씩 정리되어 가는 동안 리처드는 근본적인 문제를 해결하기 위해 조합장의 저택으로 숨어들었다.

굳이 사람을 죽이지 않더라도 조합을 주춤거리게 만들 수 있는 가장 좋은 방법이 바로 공포 분위기 조성인 것이다.

하노이 번화가 중앙에 위치한 그의 저택은 지나가는 사람의 발길을 한 번씩 돌려보기에 충분했다.

하지만 오늘은 그 저택이 감상용만으론 쓰이지 않을 것이다.

팟!

가볍게 신영을 날려 저택의 지붕에 안착한 리처드는 집의 경보장치가 울리지 않는 선에서 가장 효과적으로 침투할 방법을 고안해 냈다.

그것은 바로 빗물받이나 집안의 환기 시스템을 이용해 내부로 잠입하는 것이었다.

이렇게 하면 적외선 감지에도 걸리지 않는 아주 완벽한 잠입을 실행할 수 있게 된다.

그는 먼저 환풍구에 몸을 집어넣고 2층 화장실로 향했다.

검은색 파츠가 알루미늄 환풍구와의 마찰을 최소화시켜 주어 아주 매끄럽게 화장실까지 도착할 수 있었다.

환풍기의 뚜껑을 열고 나선 리처드는 화장실 문을 아주 조심스럽게 열었다.

철컥.

리처드는 이 저택에 오기 전, 부동산에서 가지고 있던 집의 설계도면을 외웠다.

그래야 엉뚱한 사람을 잡아서 괜히 분란을 만들 일이 없어지기 때문이다.

2층 화장실에서 나온 리처드는 복도 끝에 있는 침실로 향했다.

발끝만 이용해서 살금살금 이동하던 리처드는 숨을 죽인 채 방문을 열었다.

끼이익…….

젊은 내연녀를 옆구리에 끼고 잠을 자고 있던 호냐음이 보였다.

"쿠울……!"

코까지 고는 것을 보니 아마도 세상모르게 잠에 취해 있었던 모양이다.

하지만 그런 단잠도 이젠 다 잔 셈이다.

찰칵!

적외선 카메라로 촬영한 영상과 사진에는 내연녀와의 동

침 장면이 모두 담겼다.

이제 잘못하면 아내에게 이혼소송을 당할 수도 있을 것이다.

리처드는 그의 얼굴에 차가운 총구를 들이댔다.

철컥.

"지금 당장 일어나는 것이 몸에 좋을 것이다."

"사람 살……!"

순간, 화들짝 놀란 호냐음이 소리를 치려고 하자마자 리처드의 권총이 움직였다.

"그래선 안 될 것인데? 잘못하면 비명과 함께 네 대가리와 네 처의 몸이 산산조각이 날 테니까."

"도, 도대체 나에게 왜 이러는 건가……?!"

그는 호냐음에게 앞으로 점포를 더 이상 늘리지 않겠다는 각서와 오토바이 점포들이 위치한 건물의 매매계약서를 꺼내 들었다.

"여기에 서명해라. 만약 거부한다면 무슨 일이 일어날지 나조차 알 수가 없어."

"이, 이런 미친……?!"

"싫어? 그렇다면 할 수 없고."

검지에 힘을 꾸욱 주는 그를 바라보던 호냐음이 기겁해서 외쳤다.

"아, 알겠다……! 그러니 그 총구를 치워 주게!"

"닥치고 도장이나 찍어라. 꼼수를 쓰다가 걸리면 황천길로 향하는 수가 있다."

호냐음이 계약서에 자신의 서명과 함께 지장을 찍었다.

이렇게 하면 아무리 강제로 이뤄진 계약이라도 충분한 법적 효력을 받게 된다.

"잘했다. 목숨이 아까우면 그에 걸맞게 행동해야 하는 법이지."

리처드는 자신의 목적을 모두 다 이룬 후엔 그의 목덜미를 권총으로 후려쳤다.

퍼억!

"으헉……."

침대에 흐물흐물한 몸을 눕힌 호냐음의 허리춤에서 경보 장치 해제 카드를 꺼낸 리처드는 유유자적하게 거실로 내려가 도난경보를 해제했다.

삐빅!

─해제되었습니다.

이제 그가 마음만 먹는다면 이곳에 다시 잠입하는 것은 그야말로 식은 죽 먹기일 것이다.

*   *   *

하루아침에 점포 40개를 강탈당한 호냐음이지만 어디에다

이 일을 하소연할 수가 없었다.

젊어서부터 아내와 함께 사업을 해본 호냐음이기 때문에 잘못하면 이혼소송을 당할 수도 있었기 때문이다.

그저 그의 심경에 변화가 생겼다는 이유로 점포를 매각한 것으로 되었고, 그 점포들은 고스란히 화수에게로 넘어왔다.

헐값에 넘어온 크고 작은 점포들의 계약서를 받은 화수는 흡족한 미소를 지었다.

"이 정도면 우리가 직접 물건을 조달해 팔아도 될 정도군."

"하지만 작은 점포가 꽤 많은데다 대부분이 세를 준 것이라서 큰 수익은 안 될 겁니다."

"그래도 이 정도면 놈의 기세를 꺾는데 아주 좋은 구실이 될 거다."

화수는 리처드의 어깨를 두드렸다.

"수고했다."

"별말씀을요."

이제부터 화수는 한국으로 가지고 갈 오토바이를 매집하기로 했다.

"이제는 범죄와 연관되지 않은 착실한 일에만 몰두하기로 하자. 오토바이와 중고 자동차를 매집하는 데 폭력이나 협박을 가해선 안 된다. 알겠나?"

조직을 나와 온전히 화수의 아우가 된 리처드와 루이드는 깊이 고개를 숙였다.

"예, 형님."

"그리고 너희는 이제 청방과는 관련이 없는 사람들이니 그들의 돈을 일절 받지 마라. 그리고 그들이 주었던 돈 역시 모두 둘려주고 인연을 끊어라."

"굳이 그래야 하는 이유가 있습니까?"

"아무리 내가 청방의 방주와 언약을 맺었다고는 해도 남아 있는 중역들이 가만두지 않을 수도 있다. 그리고 어두웠던 과거는 이제 잊고 새로 시작하는 거다. 앞으론 너희의 두 손에 더러운 피는 묻히지 마라."

비록 얼떨결에 거두긴 했지만 화수는 그들을 진짜 동생으로 여기기로 했다.

그래서 부정하게 벌어들인 돈은 모두 돌려주고 앞으로 버는 진짜 돈만 그들의 것으로 귀속시키기로 했던 것이다.

두 사람 역시 화수의 깊은 뜻을 이해한 모양이다.

"그럼 지금 당장 청방에 돈을 돌려주고 오겠습니다."

"그래, 그렇게 해라. 난 계속해서 중고차를 매집하고 한국으로 돌아갈 배편을 알아볼 테니."

"예, 알겠습니다."

리처드와 루이드가 청방의 본거지로 향했다.

조직에서 나오겠다는 일념으로 자신의 전 재산을 찾은 리처드와 루이드는 청방의 본거지인 수상저택을 찾았다.

그곳에서 그들은 조직을 총괄하는 임시 방주의 임무를 수행하던 빌리와 면담할 수 있었다.

손속이 잔인하고 성정이 냉정하기로 유명한 빌리이지만 이해관계만 얽히지 않으면 상당히 좋은 사람이었다.

그는 전대 보스가 남긴 전언에 있었던 리처드와 루이드에 대한 방면을 받아들였다.

그래서 지금은 두 사람과 이해관계가 없다고 인식하고 있었다.

빌리는 두 사람이 건네는 돈을 받지 않겠다고 했다.

"이건 너희가 피와 땀을 흘려서 번 돈이다. 굳이 나에게 주지 않아도 청방에선 너희를 완전히 제명할 것이다."

"하지만 제가 새롭게 따르기로 한 형님께서 방과 완전히 인연을 끊기 위해 돈을 돌려주라고 조언했습니다."

그는 고개를 가로저었다.

"그건 옳지 않은 일이다. 사유재산을 가로채는 일은 우리 방의 이름에 먹칠을 하는 행위다. 만약 너희가 방에 몸담았던 세월을 욕되게 하고 싶지 않거든 이쯤에서 조용히 한국으로 떠나라. 그렇게 된다면 절대로 문제 삼지 않겠다."

빌리는 자신의 부하에게 바늘과 종이를 가지고 오도록 했다.

"혈서를 써주지. 이것보다 확실한 것은 없을 것 아닌가?"

"어, 어르신……!"

"괜찮다. 이래야 내 마음도 편안할 것 같아서 말이야."

그는 자신의 손가락을 바늘로 몇 차례 찔러 피가 홍건히 베어나오도록 했다.

그리곤 그것을 이용해 혈서를 써내려 갔다.

혈서의 내용은 지금 빌리가 언급했던 사안과 일치하는 것으로, 앞으로 두 사람이 하는 모든 일에 대해 청방은 책임이 없으며 서로 이해관계를 비롯한 그 어떤 관계로 없다는 것을 증명한다는 것이었다.

"이젠 정말 우리 청방과 너희는 전혀 상관이 없는 사람이 되었다. 그러니 돈을 챙겨서 돌아가라."

두 사람은 빌리에게 깊이 고개를 숙였다.

"감사합니다. 이 은혜는 절대로 잊지 않겠습니다."

"그래, 알겠다. 만약 우리가 다시 마주친다면 서로 남남이라는 사실만 알아두길 바란다."

"예, 어르신."

조직에서 키운 신생 보스 루이드와 살인청부업자 리처드는 드디어 손을 씻고 온전히 새로운 삶을 살 수 있게 되었다.

*　　　*　　　*

며칠간 화수의 휘하에 있었던 마오이지만 한국으로 돌아가기엔 그의 입장이 참으로 난감하게 되었다.

루이드가 데리고 있던 부하들이 오갈 곳을 잃어 모두 그에게 몸을 의탁했기 때문이다.

화수는 그에게 베트남 점포에 대한 관리를 맡기기로 했다.

"수익의 배분은 내가 7이고 네가 3이다. 불만 있나?"

마오는 고개를 가로저었다.

"수익을 내고 저에게 돈을 주시는 것만으로도 감사할 따름이지요."

지금 마오가 하는 말은 진심이었다.

적어도 그가 생각하기에 화수는 조직의 보스이기 때문이었다.

보스가 운영하는 점포에서 돈을 받을 수 있다는 것은 아주 드문 일이라고 생각하고 있었던 것이다.

"수익에 대한 것은 부하들에게도 골고루 나누어서 생활고에 시달리지 않도록 해라. 만약 그렇지 않다면 내가 직접 너를 다시 벌할 것이다."

"여부가 있겠습니까?"

이윽고 화수는 마오에게 지시했던 사안들을 점검했다.

"내가 지시한 것들은 어떻게 되었나?"

마오는 동남아 등지에서 매집한 중고차에 대해 설명했다.

"전체적으론 중고차의 가격이 한국에 비해 낮은 편입니다만, 상태가 너무 좋지가 않습니다. 연식 또한 그다지 좋은 편이 아니고요."

"으음…… 연식이 좋지 않은 것이 조금 걸리는군."

"하지만 그만큼 가격으로 상대방을 후려칠 수 있어서 흥정에는 유리한 고지를 점할 수 있습니다."

화수의 생각보다 마오는 상제가 뛰어났다.

매일 도박장에서 절어서 살아 그렇지, 제대로 장사를 배우고 익혔다면 지금쯤 꽤나 걸출한 사업가가 되었을지도 모른다.

이제는 화수의 식구가 된 마오이니 그가 직접 챙기고 보살펴야 할 사람이기도 하다.

"수고했다. 이것을 가지고 부하들과 함께 술이라도 한잔해라. 남는 돈은 용돈으로 주고."

"감사합니다!"

윗선에서 주는 돈을 마다하지 않는 것 또한 화수가 정한 조직의 룰이다.

마오는 화수가 준 돈을 가지고 부하들과 함께 먹고 마시기로 했다.

동남아에서 가장 물량이 많은 쪽은 말레이시아였다.

화수는 이곳에 리처드를 데리고 가서 직접 중고 외제차를 매입하기로 했다.

외국계 재벌들과 화교들이 유난히도 많은 말레이시아이기에 자동차의 회전율이 오히려 한국보다 좋았다.

외국에서 중고차를 수입하는 경우는 없어도 현지에서 외제차를 수출하는 경우는 많았다.

교통사고의 빈도에서 외제차가 차지하는 비율이 한국보다 높기 때문이었다.

화수는 아예 고철덩어리가 되어버린 차들을 무더기로 매입했고, 리처드는 그것을 이해할 수 없다는 듯이 바라봤다.

"도대체 이렇게 무지막지하게 망가진 차를 매집해서 어쩌실 겁니까?"

"이게 다 돈이 되는 법이다. 지금은 모르겠지만 내가 자동차를 고쳐서 파는 것을 본다면 생각이 달라질 거야."

리처드는 그저 화수를 따를 뿐이다.

사실, 그가 뭐라고 하든 간에 리처드는 무조건 화수를 따르고 믿었다.

"알겠습니다. 형님께서 하시는 일이니 조금 더 관찰해 보겠습니다."

"앞으론 네 일이 될 것이니 제대로 눈에 담아두는 것이 좋아."

"예, 형님."

이윽고 루이드가 화수의 앞에 트레일러를 끌고 나타났다.

그는 특이하게도 차를 무척이나 좋아해서 어지간한 면허증은 모두 가지고 있었다.

덕분에 현지에서 트레일러를 끌거나 지게차를 쓸 때 유용하게 사용될 수 있을 듯했다.

실제로도 이번 거래에 사용될 트레일러는 모두 루이드가 몰기로 했다.

"선적을 끝냈습니다. 이제 한국으로 가는 배에 싣기만 하면 됩니다."

"수고했다."

화수는 루이드에게 한국에서 이뤄지는 거래에 사용되는 중장비들을 모두 일임시키기로 마음먹었다.

"한국으로 돌아가면 각종 면허부터 갱신하도록 하지."

"예, 알겠습니다. 최선을 다하겠습니다."

막상 화수의 동생이 되고 나니 착실한 사람으로 돌변하는 두 사람이다.

화수는 두 사람을 데리고 곧장 한국으로 향했다.

*　　　*　　　*

지수를 비롯한 고물상 식구들은 외국에서 온 루이드와 리처드를 신기한 눈으로 바라봤다.

자세한 출신은 알 수 없지만 그들은 분명 동북아시아의 핏줄이었다.

하지만 양가의 핏줄 중 다른 한쪽이 영국인이기 때문에 외모가 아주 이국적으로 생겼던 것이다.

"영국 사람이라고요?"

지수의 물음에 리처드가 공손히 대답한다.

"예, 누님. 어려서부터 영국에서 자라왔다가 베트남으로 돈을 벌러 나갔습니다."

지금까지 누나라는 호칭만 받아왔던 그녀이기에 상당한 어색함을 느낀다.

하지만 화수가 데리고 온 동생들이 그렇게 부른다니 어쩔 수가 없었다.

화수는 앞으로 그들을 자신의 회사에 두고 함께 일하기로 했다.

그러니 이곳에서 일하는 엔지니어들과도 안면을 트기로 했다.

그는 리처드와 루이드를 데리고 희수가 일하고 있는 작업 장으로 향했다.

"이쪽은 전희수 팀장이다. 경리와 자동차 수리를 담당하고 있지."

"전희수입니다."

"반갑습니다."

두 사람은 그녀에게 영국식 인사를 건넸다.

비록 하는 일은 거칠었지만 영국 신사의 품행이 몸에 꽤나 깊게 배어 있는 그들이다.

아마도 앞으로 이 일을 하면서 그것이 크나큰 자산이 될 것 같았다.

그리고 마지막으로 화수는 경리직을 맡고 있는 김소라에게 두 사람을 소개했다.

한창 업무에 적응하느라 정신이 없던 김소라는 꽤나 오랜만에 찾아온 화수를 반갑게 맞이했다.

"어, 안녕하세요?!"

여전히 밝고 명랑한 그녀.

"그래요, 소라 씨도 잘 지내셨죠?"

"네, 그럼요!"

"오늘은 소라 씨에게 소개시켜 줄 사람이 있습니다."

리처드와 루이드가 그녀에게 깊이 고개를 숙였다.

"영국에서 온 리처드라고 합니다. 반갑습니다."

"루이드입니다."

그녀는 훤칠한 키에 이국적으로 생긴 외모를 가진 두 사람에게 호감이 있는 듯했다.

"아, 안녕하세요……."

하지만 워낙 쑥스러워서 그것을 제대로 표현하지 못하는 모양이었다.

두 사람은 그런 그녀를 두고 자신들에게 반감을 가졌다고 생각했다.

"혹시 불편한 점이라도?"

"아니요, 그런 것은 아니고……."

"그럼 왜……?"

그녀는 이내 고개를 획 돌려 버렸다. 하지만 입가에는 옅은 미소를 띠고 있었다.

고개를 갸웃거리는 두 사람을 바라보며 전희수가 고개를 가로저었다.

"쯧, 세계 어디를 가도 적응하긴 글렀군."

하지만 그런 김소라를 보며 이해할 수 없다는 표정을 짓는 사람이 한 명 더 있었다.

"흠, 외국인에 대한 반감 같은 것이 있나?"

"그러게 말입니다. 한국은 외국인에게 꽤나 친절하다고 들었습니다만, 그건 또 아닌 모양이군요."

"사람마다 다른 거 아니겠어? 차차 친해지기로 하지."

전희수는 화수를 바라보며 혀를 내둘렀다.

"쯧쯧……. 사장이라는 사람이 저 모양이니……."

화수가 고개를 갸웃거렸다.

"무슨 말입니까?"

그녀는 어깨를 살며시 들었다 놓았다.

"삼척동자도 다 아는 사실을 세 사람만 모르는 것 같아서요."

"예? 그게 무슨 소리입니까?"

"그런 것이 있습니다."

전희수를 도저히 이해할 수 없다는 듯이 바라보는 세 남자다.

*　　　*　　　*

늦은 밤, 숙소가 정해질 때까지 화수네 고물상에서 지내기로 한 루이드와 리처드는 처음으로 맞는 한국의 밤을 하얗게 지새웠다.

"잘되겠지?"

"뭐가?"

"이곳에서의 생활 말이야."

"그거야 모르지. 지내봐야 아는 것 아니겠어?"

언제나 그랬듯이 두 사람은 낯선 환경에 적응하기 위해 이런저런 얘기를 나눴다.

어려서부터 꽤나 많은 곳을 거쳐 온 두 사람이기에 이런 적응기간이 필요하다는 것을 너무나도 잘 알았다.

똑똑.

"누구세요?"

"나다. 화수."

낯선 환경에 적응하는 것이 어렵다는 것은 화수 역시 잘 아는 사실이다.

그는 두 사람의 앞에 족발과 소주를 내려놓았다.

"잠이 안 오지?"

"예, 형님."

"그럴 땐 술 한 잔 하고 자는 것이 최고지."

화수는 두 사람에게 술을 한 잔씩 돌렸다.

"조직에서 돈을 거절했다는 소식은 들었다."

"면목 없습니다. 도저히 받으려 하지 않아서 말입니다."

"괜찮다. 너희의 피와 땀이 맺힌 돈인데 조직의 입장에선 그럴 수도 있지. 아니, 돈을 받았으니 오히려 잘된 일이지."

화수가 잔을 들었다.

"아무튼 새 출발을 하는 날이니 한 잔 쭉 마시고 자자고."

"예, 형님."

세 사람은 곧장 잔을 비워냈다.

이렇게 잔을 비워내고 나니 정말로 삼형제 같은 세 사람이다.

"앞으로 잘 지내보자."

"저희가 드릴 말씀입니다."

세 사람은 그렇게 두 시간 정도 술을 마시다 잠이 들었다.

5장

사람답게

이른 아침의 지수자원, 누구보다 일찍 출근한 김소라가 청소를 시작했다.

"룰룰루······!"

그녀는 이제 막 스무 살이 된 자신이 가장 근면하고 성실해야 한다고 생각했다.

그래서 매일 아침마다 가장 먼저 출근해서 사무실을 청소하고 고물상의 마당을 쓸고 폐지를 정리했다.

화수가 그녀에게 월급을 자꾸 인상해 주는 것도 이런 이유에서일 것이다.

하지만 그녀가 일을 열심히 하는 이유는 돈을 많이 준다는 것 때문만은 아니다.

회사에서 그녀를 인정해 주고 동료들이 가족처럼 그녀를 대해주기 때문이다.

슥삭슥삭.

이른 아침부터 마당을 쓸고 있던 그녀는 불현듯 고개를 돌려 회사 휴게실을 바라봤다.

"아직 안 일어났나?"

요즘 그런 그녀가 자꾸 신경 쓰이는 것이 하나 있었다.

그것은 바로 영국에서 왔다는 리처드라는 청년이다.

리처드는 180㎝의 적당하고 훤칠한 키에 떡 벌어진 어깨, 그리고 다부진 몸을 가졌다.

게다가 얼굴은 상당히 샤프한 편이라서 여자들에게 인기가 상당히 많을 것 같았다.

태어나서 남자에게 고백을 해본 적도, 받아본 적도 없는 그녀에겐 그저 선망의 대상 같은 존재다.

그러니 잠시라도 그가 자신의 마음을 알고 조롱하게 될까 봐 전전긍긍이다.

자꾸만 휴게실을 기웃거리던 그녀의 앞에 불현듯 리처드가 나타났다.

"여기서 뭐하십니까?"

"어, 어머나……!"

그는 아침부터 찬물로 샤워를 했는지, 얼굴과 몸이 약간 하얗게 질려 있었다.

거기에 적당히 긴 곱슬머리에 물기가 맺혀 있어서 섹시한 느낌마저 들었다.

그리고 가장 중요한 것, 그는 지금 상의를 입고 있지 않다는 것이었다.

탄탄하게 갈라진 복근은 물론이요, 터질 듯한 상체근육엔 굵은 핏줄이 잔뜩 불거져 나와 있다.

"저, 저기요……!"

"네?"

"옷 좀 입을 수 없어요?! 눈을 돌릴 수가 없잖아요!"

리처드는 고개를 갸웃거렸다.

"어째서 그렇습니까? 샤워를 하고 물기가 다 마르지 않아서 윗옷을 입지 않은 것뿐입니다만?"

"그, 그건 그렇지만 여긴 공공장소잖아요?! 세상에 회사에서 웃통을 벗고 다니는 사람이 어디에 있어요?!"

그는 대수롭지 않게 답했다.

"아, 그렇습니까? 보통은 윗옷을 입고 씻습니까?"

"그, 그건 아니지만 씻고 나와선 옷을 입잖아요!"

아무래도 그는 보통 상식이 통하지 않는 사람인 모양이다.

리처드는 도저히 이해할 수 없다는 듯이 연신 고개를 갸웃거렸다.

"그렇습니까? 몰랐군요."

"세상에, 그런 걸 모르는 사람이 도대체 어디에 있어요?!"

"제가 최근까지 살던 베트남에선 샤워 후엔 대부분 이렇게 돌아다닙니다."

"그건 베트남이니까 그런 거고요!"

"그렇습니까?"

어쩌면 저렇게 뻔뻔하고 무지할 수 있는지, 그녀는 속이 터져 버릴 지경이었다. 하지만 그를 무작정 미워할 수 없는 것은 시키면 그대로 말을 듣는다는 점이다.

리처드는 몸에 묻은 물기를 다 닦기도 전에 윗옷을 찾아 주섬주섬 입기 시작했다.

그러다 몸에 묻은 물기 때문에 뻑뻑해진 티셔츠가 등판에 달라붙었다.

"으, 으윽……."

김소라는 그 모습을 바라보다 실소를 터뜨렸다.

"푸훗! 애기예요? 옷도 제대로 못 입게?"

"…미안하지만 이것 좀 올려주실 수 있겠습니까? 제가 등판까지 손이 닿지 않아서 말입니다."

그녀는 그의 등판에서 옷을 떼어내 올려줬다.

"후우……. 좋군요. 고맙습니다."

"별말씀을요."

옷을 제대로 입고 난 그는 불현듯 주머니에서 영화 티켓을 두 장 꺼내어 소라에게 건넸다.

"받으십시오."

순간, 그녀가 눈을 휘둥그렇게 떴다.

"이, 이게 뭐예요?"

"영화표입니다."

"그건 아는데 왜 두 장을⋯⋯."

"듣자 하니 영화는 둘이서 보는 것이라고 들었습니다. 친구와 함께 보고 오십시오. 어제 루이드와 함께 헌혈을 하러 갔다가 받은 겁니다."

아마도 그는 옷을 올려준 것이 고마워서 그에게 영화 티켓을 건넨 모양이다.

하지만 그녀는 내심 한 장만 주기를 기대하고 있다가 속으로 실망하고 말았다.

'그럼 그렇지⋯⋯.'

조금 시무룩해진 그녀를 바라보며 리처드가 난감한 표정을 지었다.

"한국에선 영화표를 건네는 것이 실례입니까? 몰랐습니다. 난 그냥⋯⋯."

"아, 아니요! 그런 것이 아니고⋯⋯."

"그럼 왜 그러시는 겁니까?"

차마 함께 보러 가고 싶은데 눈치 없이 두 장 모두 건넸냐고 하기 싫어서 그녀는 고개를 돌렸다.

"아, 아니에요!"

그리곤 획 돌아선 그녀를 바라보며 리처드는 연신 뒤통수를 긁적거릴 뿐이다.

"내가 뭘 잘못했나?"

아마 그는 평생 동안 이 난제를 풀어내지 못할지도 모른다.

*   *   *

점심시간, 김소라는 아까 받은 영화 티켓을 자꾸만 만지작거렸다.

'그냥 같이 보러 가자고 말이라도 한번 해볼까?'

주말엔 리처드 역시 스케줄이 없을 테니 영화를 보러가는 데 무리가 없을 것이다.

하지만 거절을 당하면 어쩌나 싶어서 고개를 가로저었다.

'아니야! 생긴 것을 좀 봐. 나같이 예쁘지도 않고 키도 작은 여자를 좋아할 리가 없어!'

사실, 그녀의 외모는 꽤나 귀여운 편에 속하지만 정작 자신은 그것을 콤플렉스로 생각하고 있다.

더군다나 좋아한다는 표현을 제대로 못 하는 내성적인 성격이라서 좋아하는 사람이 막상 나타나도 겉으로 드러내질 못했다.

지금도 첫눈에 반해 버린 리처드에게 다가가고 싶지만 선뜻 엄두가 나지 않았던 것이다.

조금 멍해진 그녀의 곁으로 전희수가 다가왔다.

"왜 그렇게 멍한 표정으로 있는 겁니까?"

그녀는 화들짝 놀라 전희수를 바라봤다.

"티, 팀장님?!"

"마치 상사병이라도 걸린 사람처럼 왜 그렇게 멍하니 앉아 있어요?"

전희수가 무심코 던진 말에 그녀가 시무룩한 표정을 짓는다.

"…그래 보여요?"

그녀는 급격히 우울해지는 김소라를 바라보며 당혹스러운 듯이 묻는다.

"내, 내가 정곡을 찔렀나요?"

"뭐, 그렇다고 할 수 있죠."

공대를 나온 전희수이지만 연애경험이 전혀 없지는 않다.

"대상이 누군데요? 멀리 있어요?"

"…리처드 씨요."

"으음……. 그에게 대쉬는 해봤어요?"

"아니요. 그냥 오가다 몇 마디 건네는 것뿐이라서……."

"그냥 고백을 해보는 건요?"

"아, 안 돼요! 이렇게 뜬금없이요?!"

전희수가 연애경험이 있다는 것이지, 그녀가 연애박사는 아니라서 딱히 해법을 찾아줄 수가 없다.

그러다 그녀가 불현듯 누군가가 생각났다는 듯이 무릎을
쳤다.

"맞다! 이런 일에 제격인 사람이 한 명 있어요!"

"누, 누군데요?"

"저도 그렇게까지 친하지는 않지만 가끔 연애에 대한 상담
을 해주는 사람을 본 적이 있어요."

"나, 나도 만날래요!"

그녀는 김소라를 데리고 화수를 찾아갔다.

치지지지직……!

뒷마당에서 중고차를 수리하고 있던 화수는 두 사람에게
로 고개를 돌렸다.

"전 팀장님? 게다가 김소라 씨까지, 무슨 일입니까?"

"사람을 한 명 소개시켜 주세요."

"사람이요?"

"박세라 씨 말입니다."

화수가 고개를 좌로 살짝 꺾었다.

"갑자기 세라는 어쩐 일로 찾는 겁니까?"

"김소라 씨가 그녀를 필요해요. 꽤나 급한 사안입니다."

직원들이 급하다고 하니 화수 역시 마음이 조금 동하는 듯
했다.

"그, 그래요?"

"빠르면 빠를수록 좋습니다. 조만간 자리를 만들어주세요."

화수는 흔쾌히 고개를 끄덕였다.

"제가 소라에게 전화해 보겠습니다. 시간이 맞는다면 오늘 당장에라도 만나서 술 한잔하시죠."

"저, 정말요?!"

"김소라 씨가 그렇게 필요로 한다는데 당연히 주선을 해야죠. 이따 업무가 끝나면 다시 얘기합시다."

"네!"

김소라는 기분이 조금 들뜬 상태로 업무를 봤다.

*　　　*　　　*

점심시간이 거의 끝나갈 무렵, 세라가 회사 휴게실에 앉아 커피를 마시고 있었다. 그녀의 동료들은 각자 남자친구에 대한 자랑을 늘어놓았다.

"이거 보여? 남친이 100일 선물로 준 목걸이잖아."

"어머! 그거 명품 아니야?!"

"호호, 명품은 무슨. 그냥 남친이 출장 다녀오는 길에 프랑스에서 산 물건이래. 백금에 루비가 박혀 있는 거라서 다이아몬드보단 쌀걸?"

"에이, 그래도 화이트골드에 루비면 값이 꽤 비쌀 텐데?"

"오호호! 그래?!"

동료의 목에 걸려 있는 목걸이를 부러운 시선으로 바라보는 세라에게 그녀들이 물었다.

"그나저나 세라 씨는 연애 안 해?"

"네, 네?!"

"자기는 얼굴도 예쁘고 몸매도 좋으면서 왜 아직까지 남자
가 없어?"

"그, 그게……."

"아무리 일이 바빠도 남자 한 명 만날 시간이 없겠어? 혹시
좋은 남자라도 숨겨놓은 것 아니야?"

"좋은 남자라면……."

그녀는 자신도 모르게 어느 한 남자를 떠올렸다.

잠시 생각에 잠기는 듯한 그녀의 모습에 동료들이 호들갑
을 떨었다.

"어머나? 진짜 남자가 있기는 한가 보네?"

"누구? 누군데?"

"그냥……. 수입중고차를 수출하고 수입하는 사람이에요.
원래는 고물상을 하다가 사업을 확장시켰데요."

"어머나! 능력 있네! 수입차면 돈 좀 벌겠는데? 외모는?"

"그냥 평범한 정도?"

"몸은?! 몸은 좋아? 키는 얼마나 큰데?"

"그게……."

한꺼번에 쏟아지는 질문에 어쩔 줄 모르고 당황하던 그녀
에게 마침 전화가 걸려왔다.

[화수.]

순간, 그녀의 가슴이 거세게 뛰기 시작했다.

두근!

그런 심정이 얼굴에 모두 드러난 세라에게 그녀들이 닦달같이 달려들었다.

"어머나! 이 사람이야?! 맞나 봐!"

"그, 그건 아니고……."

"아니야? 사진 보니까 맞는 것 같은데?"

그녀는 화수와 함께 밥을 먹다가 그의 옆모습을 몰래 핸드폰 카메라로 촬영한 적이 있었다.

그 모습이 꽤나 멋있게 나와서 핸드폰 연락처 프로필로 사용했다.

그 광경이 딱 걸려서 어쩔 수 없이 대답을 할 수밖에 없었다.

"사실은 맞긴 하지만……."

"일단 어서 전화를 받아! 이러가 전화 끊어지겠어!"

그제야 퍼뜩 정신을 차린 그녀가 전화를 받았다.

"여보세요?"

―세라야, 나 화수야.

"응, 화수야."

―점심시간인데 밥은 다 먹었어?

"그럼. 다 먹고 이제 쉬는 중이야."

─어이쿠, 내가 쉬는 시간에 괜히 전화를 했나?

"아니야, 그렇지 않아. 시간 괜찮아."

최대한 덤덤하게 전화를 받고 있었지만 두근거림을 감추기 힘들었다.

"그런데 무슨 일이야?"

─오늘 저녁에 시간 어떤가 하고 말이야.

"저녁에……?"

저녁이라는 소리에 그녀의 동료들이 소리 없이 호들갑을 떨었다.

'한 번 튕겨!'

'아니야! 그냥 쿨하게 술 한잔하자고 해!'

지금까지 연애경험이 서너 번 있는 그녀이건만, 소녀처럼 어쩔 줄을 몰랐다.

"으음, 그게 그러니까……."

─아, 미안. 시간이 안 되는구나. 난 그것도 모르고 괜히 말을 꺼낸 모양이네. 바쁘면 어쩔 수 없지.

"아, 아니야! 안 바빠!"

자신도 모르게 다급한 대답이 튀어나왔다.

화수는 그런 그녀의 반응을 아주 기쁘게 받아들였다.

─정말?! 정말 안 바빠?!

조금 상기된 듯한 그의 목소리에 그녀의 가슴이 더욱더 세차게 뛰기 시작했다.

"…응, 오늘 시간 괜찮아."

─그럼 술이나 다 같이 한잔하자. 어때? 가오동에서 술자리를 가질 건데.

"술?"

─술은 너무 부담되나?

지금까지 중학교 그 시절에 멈추어 있던 화수와의 관계가 조금씩 풀리는 느낌이 들었다.

"아니야, 괜찮아. 나 술 좀 마셔. 너야말로 괜찮겠어?"

─후후, 나야 뭐 항상 환영이지.

"그럼 저녁 몇 시에 볼래?"

─내가 회사 앞으로 데리러 갈게. 이따가 보자.

"네, 네가 온다고?"

순간, 그녀의 동료들이 환호성을 질렀다.

"꺄악! 이쪽으로 온데!"

"세라 씨에게도 봄이 오려나 보다!"

─이게 무슨 소리야?

그녀는 동료들의 환호성을 뒤로 한 채 화수와 통화를 급히 마무리했다.

"아, 아니야. 이따가 보자."

─그래, 늦지 않도록 갈게.

전화를 끊은 세라가 배시시 미소를 지었다.

'어쩌면……'

그녀의 가슴이 방망이질 쳤다.

*   *   *

대전 가오동의 한 돼지갈비 집을 섭외한 화수는 그녀들을 데리고 낭월동으로 향했다.

세라가 근무하는 회사는 화수네 지수자원에서 약 30분 거리에 있는 산내 낭월동으로, 버스 회사임에도 불구하고 버스를 타고 나오기 힘든 아주 아이러니한 조건이다.

그래서 그는 약속을 잡은 김에 그녀를 데리러 가기로 했던 것이다.

"다 같이 술 한잔하기로 했으니 허심탄회하게 털어놓으십시오."

김소라는 한껏 상기된 표정으로 화수를 바라보며 물었다.

"정말 연애경험이 있긴 한 거죠?"

"잘은 모릅니다만 대학을 다니던 시절에 몇 번인가 연애를 해봤다고 들었습니다. 게다가 주변에서 예쁘다는 소리를 많이 들으니 남자에 대해서도 어느 정도는 알 겁니다."

"후우……! 그럼 사장님만 믿을게요!"

"도움이 되었으면 좋겠네요."

이윽고 화수는 버스 회사 앞에 차를 댔다.

"여기서 잠시 기다리십시오. 지금 데리고 나오겠습니다."

"네, 그럴게요."

화수는 차에서 내려 그녀의 회사 정문으로 들어섰다.

마침 업무를 끝내고 동료들과 함께 걸어 나오고 있는 세라가 보였다.

화수가 세라를 향해 손을 흔들었다.

"세라야!"

반갑게 손을 흔든 그에게 세라가 쪼르르 달려왔다.

"화수야!"

언제나 그렇듯이 그녀는 화수를 환한 미소로 반겨줬다.

덩달아 기분이 좋아진 화수는 그녀의 어깨에 손을 얹었다.

"오늘은 좀 마실까? 성인이 되고서 술자리를 가진 적이 한 번도 없었잖아?"

"그래도 될까?"

"괜찮아. 어머니께는 내가 잘 말씀드릴게. 집으로 갈 땐 대리운전을 부르면 되니까."

집도 같은 방향이겠다, 최소한 그녀 하나는 걱정할 필요가 없겠다 싶은 화수였다.

이윽고 그에게 세라의 동료들이 다가왔다.

"안녕하세요?"

"예, 안녕하십니까?"

그녀들은 화수를 바라보며 연신 쑥덕거렸다.

"차 좀 봐……! 벤X 아니야?!"

"저 정도면 적어도 4천 이상 줘야 할 텐데?"

"진짜 능력이 있는 모양이야! 허우대로 멀쩡하고 얼굴도 저 정도면 반반하고……."

세라의 동료들이 그녀의 어깨를 툭툭 쳤다.

"어머나, 세라 씨 은근히 능력 있다?"

"네?! 그게 무슨……."

알 수 없는 미소를 짓는 그녀들에게 화수가 깊이 고개를 숙였다.

"아무튼 세라 좀 잘 부탁드립니다. 만약 나중에 중고차가 필요하시면 연락하시고요."

예의상 명함을 한 장씩 돌린 화수가 그녀를 이끌었다.

"가자고. 다들 기다려."

"다들?"

"아까 말했잖아? 가오동에서 술자리가 있다고."

"그, 그랬나?"

"술자리가 있으니까 다 같이 한잔하자고 내가 그랬을 텐데? 못 들었나?"

"아……. 그랬던가?"

"응, 회사 동료들이 너만 눈 빠져라 기다리고 있어."

"나, 나를?"

"동료들이 너를 데리고 술자리를 갖고 싶어서 아주 난리였거든. 괜찮지?"

조금 당황한 듯한 세라이지만, 다행히도 이해를 한 듯했다.

"응, 괜찮아."

"가자, 아주 눈이 빠져라 기다려. 예쁘고 스타일 좋다고 칭찬이 자자하던데?"

"그럼 다행이고."

있는 그대로 말한 것뿐이지만 그녀들은 연신 부러움에 찬 비명을 질렀다.

"어머나! 벌써 회사 동료들에게 인사를 할 정도야?!"

"부럽다!"

"아니에요! 그런 건 아니고……."

"아무튼 좋은 시간 보내요."

이윽고 돌아서는 화수에게 그녀가 팔짱을 끼웠다.

화수는 중학교 때가 생각나서 빙그레 미소를 지었다.

"오랜만이다. 너와 함께 이렇게 걷는 것 말이야."

"그랬던가?"

"응."

두 사람은 화수의 차로 향했다.

*　　　*　　　*

대전 가오동의 돼지갈비 집, 세라는 처음 화수가 소개한 동료들을 보곤 실망한 기색이 역력했다.

화수가 한 말을 제대로 이해하지 못한 그녀의 잘못이긴 했지만 설마하니 동료들이 모두 여자일 줄은 몰랐던 것이다.

하지만 어느새 김소라의 말에 빠져들었다.

"…그래서 아직 고백도 못하고 있어요."

"쯧쯧, 그렇게 된 거군요."

"뭔가 방법이 없을까요? 제가 먼저 다가가면 그가 밀어낼 수도 있을 것 같아서요."

그녀는 자신이 그동안 쌓아온 연애지식을 아낌없이 풀어놓았다.

"일단 적당히 적극적으로 나서세요. 그런 성격의 남자라면 여자를 가볍게 볼 것 같지는 않아요. 들어보니 제대로 모르고 실수를 하는 성격 같은데, 소라 씨가 다가간다고 해도 악의를 품을 것 같지는 않아요."

"그런가요?"

세라는 자리를 주선한 화수에게 말했다.

"화수 네가 언제 한 번 진득한 자리를 마련해줘."

"진득한 자리?"

"예를 들면 전체 회식을 주최한다든가 하는 것 말이야."

화수는 고개를 끄덕였다.

"알겠어. 이번 주말에 내가 회식을 잡을게. 어차피 녀석들은 할 일도 딱히 없을 거야."

김소라는 화수의 대답에 무릎을 쳤다.

"그래요! 맞아요, 그거예요! 영화 시간이 오후니까 회식 핑계를 대면서 영화를 함께 보자고 할게요. 그럼 자연스럽잖아요?"

"그것도 좋은 방법이네요!"

뭔가 좀 우중충하던 세라의 기분이 급격히 좋아지는 듯했다.

하지만 아직도 화수에 대한 앙금이 조금 남아 있었다.

"쳇, 난 또 둘이 한잔하는 줄 알았네."

"하하, 미안. 내가 제대로 얘기를 못한 모양이네."

"나중엔 꼭 같이 한잔하자."

그는 술잔을 넘기다말고 그녀에게 물었다.

"이렇게 된 김에 너도 회식에 참여하면 어때? 네가 좀 밀어줄 수도 있잖아?"

"그래도 괜찮을까?"

그녀들은 세라의 회식 참여를 적극적으로 반겼다.

"좋죠! 전 언니가 참여하면 무조건 오케이!"

"저도 좋습니다."

"그럼 이렇게 결정 난 걸로?"

세라는 얼떨결에 고개를 끄덕였고, 결국 화수네 회사의 회식에 참여하게 되었다.

*　　*　　*

토요일 오후, 한껏 꾸민 김소라가 영화 티켓 두 장을 들고 거울 앞에 섰다.

"후우……. 긴장된다!"

리처드는 그녀가 영화를 함께 보자는 말에 크게 기뻐하며 수락했다.

마치 어린아이처럼 기뻐한 그는 심지어 자신이 약속 당일에 차로 데리러 오겠다는 말까지 했다.

덕분에 가슴이 더욱더 두근거리는 소라다.

이윽고 약속시간, 그녀의 전화기가 울렸다.

지잉……!

[리처드]

"네, 여보세요?"

─지금 집 앞입니다. 나오시면 되요.

"알겠어요. 지금 나갈게요."

향수까지 완벽하게 덧뿌린 그녀는 기쁜 마음으로 집을 나섰다.

그리고 자신의 집 앞에 세워져 있는 스포츠카를 바라보며 입을 떡 벌렸다.

"아, 아우X R8?!"

슈퍼카치곤 비교적 저렴한 가격에 팔리는 R8이지만 그래도 일반인은 감히 끌고 다닐 엄두를 낼 수도 없는 차다.

하지만 이렇게 비싼 차에서 내린 리처드는 무척이나 순박

한 미소를 지었다.

"마침 회사에 남는 차가 없어서 이것이라도 가지고 왔습니다. 괜찮습니까?"

"네, 그럼요!"

그가 딸딸이 고물차를 끌고 와도 기뻐서 두 팔을 벌릴 지경인데, 슈퍼카라니. 당연히 기분이 좋아질 수밖에 없다.

김소라는 자동차에 올랐고, 리처드는 적당한 속도로 차를 몰았다. 그러면서 그는 쉴 새 없이 자신의 얘기를 털어놓았다.

"제가 워낙 폐쇄된 삶을 살아서 영화 같은 건 본 적이 없습니다. 영화관은 어떻게 들어가는 겁니까? 잘못하면 소라 씨가 창피를 당할 것 같아서 인터넷으로 찾아보긴 했습니다만, 잘할 수 있을지 모르겠네요."

"쿡쿡, 그냥 표를 보여주고 들어가면 되요. 별것 없어요."

"아, 그렇습니까?"

평소와 비슷한 추임새지만 오늘따라 어쩐지 그 모습이 유난히 귀여워 보였다.

*　　　*　　　*

그날 저녁, 회사에서 바베큐 파티가 열렸다.

벌써부터 소주에 맛이 들린 리처드와 루이드는 한껏 신이 나서 고기를 구웠다.

치이이익······!

"오호! 삼겹살이 불 위에서 춤을 추는구나!"

"술이 들어간다, 쭉쭉쭉!"

도대체 어디서 배운 것인지는 몰라도 술자리 게임송까지 부르며 한껏 들떠 있었다.

화수와 세라는 그런 두 사람의 눈치를 보다가 슬쩍 루이드를 자신들 쪽으로 불러냈다.

"어이, 루이드."

"예, 형님."

"넌 이쪽으로 와서 먹어라."

"예? 갑자기 왜······."

"내가 긴히 할 말이 있어서 그래. 고기는 리처드와 김소라 씨가 굽고 말이야."

순간, 리처드가 짐짓 서운한 표정을 지었다.

"그럼 저는······."

"넌 나중에 내가 따로 부를 거다. 그러니 그때 보자."

"예, 형님. 알겠습니다."

화수의 곁으로 온 루이드는 한국에서 지낼 만한지, 생활은 불편하지 않은지 물었다.

그는 의외의 질문에 감복했는지, 연신 미소를 지었다.

"이게 다 형님 덕분입니다. 감사합니다!"

"짜식, 별말을 다 하는구나."

그러다 문득, 그가 화수와 세라에게 물었다.

"그나저나 형님과 형수님은 언제 만나신 겁니까? 꽤나 사이가 가까워 보이던데."

순간, 화수와 세라가 당황해서 손사래를 친다.

"아니, 아직 그런 사이는 아니고……."

"아직 그런 것은 아니면 언젠간 그렇게 될 수도 있다는 뜻 아닙니까?"

당혹감으로 물든 화수가 어떻게 대답해야 할지 망설이던 가운데, 세라가 말했다.

"그런가요?"

"그렇지요. 남녀 사이는 다 그런 것이라고 배웠습니다."

"으음, 그건 그러네요."

조금 아리송한 표정을 짓는 화수, 그녀는 옅은 미소를 지을 뿐이다.

뜨거운 불판 앞에 선 리처드이지만 아직도 잔뜩 신이 나 있었다.

그런 그를 바라보며 김소라가 물었다.

"억울하지 않아요? 같은 친구인데 형이 한 사람만 불렀잖아요."

그는 고개를 가로저었다.

"우리는 그런 가벼운 사이가 아닙니다. 그러니 걱정할 필요 없습니다."

"그래요?"

"말하지 않아도 통하는 것이 있는 법이지요."

그녀는 행복한 표정으로 고기를 굽는 그를 바라보며 속으로 미소를 지었다.

'괜찮은 사람이네.'

사회에 적응하지 못해서 방황하는 듯한 그이지만 역시 사람은 나쁘지 않은 것 같았다.

"저기요, 리처드 씨."

"네, 말씀하십시오."

"나중에 나랑 여행 안 갈래요?"

"여행이요?"

"네, 여행이요."

"여행 좋지요! 저는 개인적으로 캠핑을 좋아합니다."

"그래요? 그럼 단 둘이 캠핑 어때요?"

"무조건 좋습니다!"

과연 뭘 알고 대답하는 것인지 몰라도 얼떨결에 여행 약속을 따낸 김소라다.

6장

새로운 시작

　조금 늦은 오후, 카이스트 내부에 위치한 공형진 교수 연구실에 화수와 연구진들이 서로 마주서 있다.

　이젠 제법 말끔한 청년이 된 화수를 바라보며 연구진들은 다소 석연치 않은 표정을 짓고 있었다.

　"…그러니까 이 청년이 교수님께서 말씀하신 그 천재란 말이지요?"

　"그렇다네. 소개하지. 지수자원의 대표이사인 강화수 사장님이라고 하네."

　화수는 그들에게 깊이 고개 숙였다.

　"안녕하십니까? 강화수라고 합니다."

이종면 교수는 예의 바른 화수를 마뜩찮게 쳐다봤다.

"험험……! 그래, 공부는 좀 했습니까?"

"미약하지만 관련 서적들을 두루 살펴보았습니다. 역시 제가 가지고 있는 지식과는 비교할 수도 없을 만큼 복잡하더군요."

"훗, 당연하지요. 로봇공학이라는 분야가 그리 만만한 영역이 아니거든요."

"그런 것 같더군요. 그래서 죽을힘을 다해서 공부했습니다."

"노력을 했다니 한번 두고 보겠습니다."

아마 연구진들은 이미 화수가 탈락할 것이라고 생각하고 있는 듯했다.

하지만 화수가 시험에서 떨어져도 공형진 교수의 재량으로 살아나 연구원이 될 것이라고 예상하기도 했다.

그러나 그것은 화수 본인이 인정할 수 없는 일이다.

"시험은 어떻게 진행됩니까?"

이종면 교수는 화수에게 총 20장의 시험지를 나누어줬다.

"총 10개의 문제를 출제했습니다. 두 장당 한 문제라고 보시면 빠르겠군요."

규격 A4용지 크기에 문제를 출제하면 2장이면 충분할 분량이다.

그에 열 배에 달하는 양이라니, 아마도 난이도가 열 배는 족히 넘을 것이다.

화수는 그런 시험지를 기꺼이 받았다.

"제한 시간이 있습니까?"

"없습니다. 다만, 우리가 퇴근할 때까지만 풀어주시면 됩니다. 문제를 푸는 방식은 간단합니다. 책에 있는 내용을 보고 베끼던 남의 논문을 필사하든 답만 적으면 됩니다."

이 세상 모든 지식을 사용할 수 있다는 것은 이 시험지가 어지간한 전문가가 아니라면 감히 풀 수도 없다는 소리와 같았다.

그러나 그런 것쯤은 화수에게 전혀 문제가 되지 않았다.

화수는 연구진이 마련한 자리에 앉아 시험지에 볼펜을 가져다 댔다.

"그럼 시작하겠습니다."

"그러시지요."

화수는 거침없이 문제를 풀어나갔다.

*　　　　*　　　　*

마법사들의 명상법이란 상당히 유용하게 쓰인다.

집중력을 향상시키는 것도 그렇고 뇌리에 각종 지식을 각인시키는 것 또한 편리하다.

그렇지만 가장 큰 문제는 그 유지력이 그렇게 길지 못하다는 것이다.

화수는 그 문제를 해결하는 데 아주 좋은 방법을 고안해 냈다.

그는 자신의 뇌에 간접적으로 마나코어의 영향을 미칠 수 있도록 '마나 저주파 장치'를 부착했다.

이것은 시중에 보급되고 있는 저주파 안마기에 마나코어를 연결한 물건이다.

저주파 기기로 마나의 파장을 만들어내어 뇌에 직접적으로 영향력을 행사하기 때문에 이 기기를 착용하면 집중력이 비약적으로 상승한다.

또한 명상법의 한계를 마나의 파장으로 돌파할 수 있기 때문에 명상의 유지 시간 또한 10배 이상 상승한다.

하지만 문제는 뇌에 엄청난 무리가 가기 때문에 자주 사용할 수 없다는 것이 가장 큰 단점이다.

위이이이잉……!

저주파로 뇌를 자극하자, 화수의 뇌파가 비이상적으로 빨리 돌아가기 시작한다.

'크윽……!'

마나가 뇌파에 간섭을 미치기 때문에 그가 태어난 시절부터 지금까지의 기억이 생생하게 되살아났다.

그로 인해 머리가 터질 것 같은 고통이 수반되었다.

하지만 그 고통으로 인해 집중력은 폭발적으로 상승되어

공형진이 나누어 주었던 서적의 내용이 생생하게 떠올릴 수 있었다.

그리고 집중력이 상승하면서 사고력과 이해력, 응용력이 배가 되었기 때문에 문제를 해결하는 능력 또한 비약적으로 상승했다.

그는 박사의 논문 발표에 버금가는 서술형 문제를 풀어내는 데 있어 아주 참신하고 획기적인 기획을 적어 넣었다.

그것은 오로지 현대과학에 입각한 시점에서 서술한 내용이기 때문에 다소 허무맹랑할 수 있는 마도학의 관점은 철저히 배제한 것이었다.

그렇기 때문에 현대의 학자들이 보기에도 충분히 공감할 수 있는 내용이엇다. 화수는 일곱 번째 문제를 풀 때 즈음, 잠시 심호흡을 내뱉었다.

"후우……!"

그의 입가에서 푸른색 입김이 뿜어져 나왔다.

뇌파에 직접적으로 간섭하는 마나의 파장이 마나코어에서 나온 기운의 찌꺼기를 만들어낸 것이다.

이를테면 자동차의 연료 연소 과정에서 발생하는 수증기와 같은 것이었다.

"오늘따라 양이 좀 많군."

마법사들은 전장에서 때때로 마나포션을 사용하는 경우가 있다.

마나포션 역시 심장에 직접적으로 영향을 끼쳐 마력을 상승시키고 고갈된 마나를 보충하는 역할을 한다.

그래서 마나포션을 마셔가면서 전투를 치르다 보면 이런 푸른색 입김이 입과 항문을 통해서 뿜어져 나오곤 한다.

화수는 오랜만에 보는 마나의 잔재물을 바라보며 실소를 흘렸다.

"죽어서 다시 태어나 마나로 트림을 다 하다니, 별일이군."

마나의 찌꺼기를 내뱉는 일이 그다지 유쾌한 일이 아니다 보니 마도병기가 된 이후엔 절대로 마나포션 같은 것은 마시지 않겠다고 다짐했다.

하지만 얄궂은 인생이 그 굳은 다짐을 깨뜨려 버린 것이다.

그는 다시 뇌에 저주파 장치를 연결한 후에 시험에 열중했다.

자신에게 도움을 준 사람에게 보답할 수 있다면 이까짓 트림쯤이야 참아낼 수 있다.

화수는 자신이 쏟아낼 수 있는 모든 집중력을 쏟아내 문제를 풀어나갔다.

*   *   *

약 세 시간 후, 두 문제를 제외하고 모두 서술형으로 된 시험이 끝이 났다.

문제를 채점하는 방식은 이 분야의 최고 전문가인 연구진들이 서로 의견을 합쳐 종합 점수를 내게 된다.

그렇게 하면 객관적으로나 주관적으로나 형평성 있는 채점이 가능하게 될 것이다.

이종면 교수는 자신의 곁에 앉은 연구진들과 제자들에게 화수의 시험지를 카피한 복사본을 골고루 나누어 주었다.

"현재 우리가 연구하고 있는 사안에 대한 생각과 앞으로의 해결 방안에 대해 물은 겁니다. 이것을 보고 개개인의 의견을 가감 없이 말씀해 주시지요."

모두 열 명의 연구진은 화수가 제출한 답안을 보고 감탄사를 연발했다.

"이, 이건……."

과학용어는 물론이고 현재의 연구 성과까지 완벽하게 분석한 화수의 답안은 상당히 차분하면서도 공격적인 면이 강했다.

그는 현재의 문제점을 정확하게 간파해서 그것을 집요하게 파고들었다.

과학자로서 자존심이 조금 상할 수는 있겠지만 그것을 부정할 수는 없으니, 점수를 낮게 줄 수가 없었다.

"현재 우리가 가진 문제점을 너무나도 신랄하게 비판하고 있습니다. 하지만 비판을 이어나가는 데 객관적인 입장을 충분히 이입시켜서 이해도를 높이고 있지요. 이를테면 현재 우리나라의 기술 의존도가 미국과 같은 기술 강국에 비해 높은 반면에 개발비와 인력은 턱없이 부족하다는 것 같은 문제점 말입니다. 이것은 누구나 알고 있지만 전문가적인 입장에서 완벽히 분석하기란 쉽지 않은 문제이지요."

"으음……."

"제 생각엔 이 문제에 점수를 매기기 힘들 것 같군요. 우리가 나아가야 할 방향을 제시한 문제를 채점하다니, 이게 말이나 됩니까?"

"맞습니다. 제 생각도 그렇습니다."

말로만 들었지 정말로 화수의 뛰어남을 시험으로 증명하고 보니 새삼 놀랄 수밖에 없는 이종면이다.

'그냥 어중이떠중이 동네 골방 발명가가 아니었던가?'

처음 그가 고도의 리모트 컨트롤 기술을 개발했다고 했을 땐, 도저히 믿을 수가 없었던 이종면이었다.

세상에 그 어떤 사람이 대학도 제대로 나오지 않아 그 같은 일을 할 수 있단 말인가?

적어도 이종면은 충분한 지식과 고등의 교육을 받아야 그와 같은 기술을 완성할 수 있다고 생각했다.

하지만 지금 와서 보니 그의 생각이 완전히 틀렸다고밖에 설명할 수가 없었다.

그 뒤로는 개인의 역량을 체크하는 서술형 답안이 줄을 지어 있었는데, 그는 이해력과 상상력이 상당히 뛰어나서 획기적인 기획안을 제시했다.

그중에는 이종면 교수가 지금까지 머릿속으로만 상상해 왔던 사안들도 있었다.

그중에서도 가장 눈에 띄는 것은 바로 연비 효율을 50%대까지 끌어 올리는 엔진의 개발이었다.

로봇공학과 기계공학, 자동차공학을 접목시켜 하이브리드 시스템을 넘어선 고효율 연비개선 시스템을 만들어내겠다는 것이었다.

이 기획안을 바라본 연구원들 또한 적지 않게 놀라는 눈치였다.

"단순한 하이브리드 시스템이 아니라 엔진 체계 자체를 바꾸어 연비의 복합 효율을 높이겠다는 생각은 아주 참신합니다."

"으음……. 그런데 이 기획안에는 핵심 내용이 빠져 있네요."

그저 어떤 방식으로 연비를 절감할 것인지는 서술했지만 그 핵심 기술을 어떻게 발전시키고 개발할 것인지는 서술하지 않았다.

이종면 교수는 이 점에서 미칠 듯한 궁금증을 느꼈다.

'젠장……. 뭔가 있다. 뭔가 있는데 이것을 공유하지 않겠다는 건가?

이것은 사람으로서의 욕심이 아니라 과학자로서의 호기심이었다.

그가 만약 이 사안에 대한 적절한 대한을 가지고 있다면 그 기술력을 카피하는 것이 아니라 함께 연구를 진행시키고 싶다는 생각까지 들었다.

입 밖으로 내뱉지는 않았지만 화수의 역량은 정말이지 대단하다고밖에 설명할 수가 없었다.

화수의 답안을 가지고 토론하던 회의장의 분위기는 그를 채용하는 쪽으로 기울어지고 있었다.

"이종면 교수님, 이 청년은 우리와 함께 가는 것이 좋을 것 같습니다. 행여나 다른 팀에서 데리고 간다면 우리에겐 손해입니다."

"맞습니다. 앞으로 어떤 역할을 해주던 팀에 큰 기여를 할 것은 분명한 사실이니까요."

그 사실을 누구보다 잘 알고 있는 이종면이지만 자존심 때문에 그를 받아들이기가 힘들었다.

"일단 시일을 두고 지켜볼 필요가 있겠습니다. 이런 문제에 대해선……."

사실을 인정하려 하지 않는 그에게 한 제자가 말했다.

"때론 혁신이 필요한 것이 과학이라고 선생님께서 말씀하셨습니다."

"그건……."

"과학자는 자신의 본능 앞에 자존심을 내세우기보단 학구열로 다가서야 한다고 가르친 것도 선생님이십니다."

순간, 그는 뒤통수를 한 대 얻어맞은 것 같은 느낌이 들었다.

'내가 그를 질투하고 있었단 말인가……?!'

그는 순수한 학구열보단 치졸한 질투심으로 화수를 대하고 있었던 것이다.

그런 사실을 들키고 나니 자신이 너무 창피해서 쥐구멍에라도 숨고 싶은 마음뿐이었다.

'죽고 싶구나. 내가 가장 경멸하던 사람과 닮아가다니……!'

10년 전, 그는 자신이 가장 존경하던 스승에게 지금과 같은 대우를 받았던 적이 있었다.

뛰어난 자질을 가지고 있음에도 불구하고 스승의 영역을 넘보았다는 이유에서 좌천을 당했던 것이다.

그때부터였을 것이다.

그는 모든 과학자와 기술자들과 담을 쌓고 자신만의 세계에 빠져 살아왔다.

그런 시간들이 오래되면 될수록 그의 영혼은 점점 병들어만 가고 있었다.

그 결과, 지금은 자신이 가장 증오했던 스승과 같은 모습으로 변해 있었다.

그는 아무도 모르게 실소를 흘렸다.

'훗……. 참으로 한심한 인생이구나.'

이윽고 그는 웃는 낯으로 결과를 발표했다.

"모두의 의견을 종합해 보니 아무래도 강화수 씨는 우리 연구팀의 객원 연구원으로 채용하는 편이 좋겠습니다."

"저, 정말이십니까?"

"지금까지 내가 속 좁게 굴었다는 것을 인정할 수밖에 없군요. 강화수 씨는 뛰어난 사람입니다. 그러니 우리와 함께하는 것이 좋겠지요?"

"탁월한 선택이십니다."

무려 10년간 정체되었던 이종면의 인생이 다시 활기를 되찾고 있었다.

*　　　　*　　　　*

공형진 박사 연구실에 마련된 연구진 휴게실 소파에 몸을 기대어 앉은 화수는 차가운 물수건으로 머리를 식히고 있었다.

"딱 죽겠군……."

마나파장의 여파는 마치 술을 진탕 마시고 난 다음 날의 숙취처럼 화수를 괴롭히고 있었다.

머리가 깨질 듯이 아파오고 있었고 몸에 힘은 하나도 없었다.

더군다나 위가 찢어질 듯이 아프고 속은 자꾸만 울렁거려서 토사물이 솟구쳐 나올 것 같았다.

만약 이곳이 연구실만 아니었다면 벌써 변기를 잡고 구토를 연발했을지도 모른다.

다리를 쭉 뻗은 채 소파에 늘어져 있던 화수는 인기척을 느꼈다.

똑똑.

살짝 눈을 들어 앞을 바라본 화수는 자신도 모르게 몸을 똑바로 세운다.

"…오셨습니까?"

이종면 교수는 화수에게 1.5리터짜리 음료수 병을 하나 건넸다.

"마시면 좀 나을 겁니다. 뇌를 너무 급격하게 많이 써서 수분이 필요할 겁니다. 그땐 전해질 음료수만큼 좋은 것도 없지요."

"감사합니다."

화수는 음료수를 받자마자 그것을 다짜고짜 목구멍으로 밀어 넣었다.

꿀꺽, 꿀꺽!

"크하! 이제야 좀 살 것 같군요!"

지금까지 머리를 쓰는 일이라면 신물이 날 정도로 많이 해왔을 테니 그 파훼법에 대해서도 익히 잘 알고 있었을 이종면이다.

이종면이 이런 비기를 화수에게 알려주는 것을 보면 이젠 마음을 조금 열었다는 뜻이리라.

그는 화수에게 객원 연구원으로서 카이스트에서의 연구에 참여할 것을 동의하는 동의서를 건넸다.

"읽어보십시오. 연구 수당과 복리후생에 대한 조건을 담은 계약서와 같은 겁니다. 이것에 동의하시면 우리의 객원 연구원이 될 수 있습니다."

"합격입니까?"

"예, 합격입니다."

상당히 까다롭고 고지식하게 객원 연구원에 대해 비판하더니 막상 테스트를 통과하고 나니 곧바로 관대해진 이종면이다.

화수는 그에게 악수를 건넸다.

"앞으로 잘 부탁드립니다."

"저야말로."

이제부터 화수는 공형진 교수의 객원 연구원으로서 연구에 참여하게 되었다.

*　　　*　　　*

이른 아침, 화수네 고물상이 한차례 시끄러운 소음에 휩싸였다.

쿠웅, 콰앙!

건물을 때려 부수고 그 잔해를 대형 장비들이 옮기는 철거 작업이 진행되고 있었던 것이다.

화수는 고물상의 낡은 건물을 모두 헐고 그 위에 조립식 건물로 약 200평 규모의 새로운 건물을 올릴 작정이었다.

그리고 구청에 허가를 받아 앞마당과 뒷산에 고물 압축과 적재를 위한 공간 확보에 대한 공사를 진행시킬 예정이었다.

건축업자는 화수에게 200평 규모의 조립식 건물에 대한 견적서를 건넸다.

"건설비용 견적 1억에 설비비용 4억입니다. 아시다시피 설비는 저희가 설치하는 것이 아니기 때문에 돈이 좀 듭니다. 대전에서 이런 설비를 전문적으로 다룰 수 있는 기업은 그리 많지가 않거든요."

"괜찮습니다. 튼튼하게만 지어주십시오."

화수가 설치하려는 설비는 고물을 압축시키는 압축기와 차량용 저울, 그리고 고물상의 주변을 아우르는 단단한 강철 울타리였다.

그는 건축업자에게 부탁한 히아브 크레인(집게 크레인)에 대해 물었다.

"대형 히아브 크레인은 어떻게 되었습니까?"

건축업자는 화수에게 중장비 취급 업자의 전화번호를 가르쳐 줬다.

"이 사람에게 연락을 해보시지요. 제가 알아본 바론 제값으로 구할 수가 없더군요. 아시다시피 중장비는 거래하는 사람만 거래하다 보니 흥정이 어렵습니다."

"으음……."

"대략적으론 5톤 설비 기준에 최대 하중 1.11톤 히아브 크레인이 5천만 원 전후라고 합니다. 그런데 말씀하신 가격으론 도저히 구할 수가 없었습니다."

화수가 건축업자에게 부탁한 가격은 3천만 원대 전후로, 가격 차이가 너무 현저히 났다.

"가격을 올린다면 괜찮을까요?"

"그렇긴 합니다만, 가격을 올린다고 괜찮은 매물을 구할 수 있을까요? 보통 히아브 크레인은 그리 쉽게 처분을 하지 않잖습니까."

"뭐, 그렇긴 합니다만."

"아무튼 저보단 이 사람을 찾아가 보는 게 빠를 겁니다. 아마도 이 사람에겐 쓸 만한 중고가 많이 있을 겁니다."

명함에는 [중고 중장비 전문]이라고 쓰여 있다.

"감사합니다."

"예, 그럼 철거가 끝나면 다시 뵙겠습니다."

화수는 명함을 들고 대전 석교동으로 향했다.

*　　　*　　　*

판암동에선 약 10~15분 정도 소요되는 석교동은 화수가 어린 시절, 유난히도 고등학생이 많았던 것으로 기억한다.

석교동에는 남학교 세 개에 여학교 세 개가 줄을 지어 있어 아침만 되면 학생들로 인산인해를 이루기 때문이다.

그런 풍경은 지금에서도 그다지 별반 다를 것이 없어 보였다.

"정겹군."

화수는 그런 풍경을 스치듯 지나쳐 중고장비 전문 업자를 찾아갔다.

석교동에서 문화동, 그리고 대흥동과 대사동을 아우르는 테미고개의 초입에 있는 조립식 건물 앞에 멈추어 선 화수가 전화를 걸었다.

"어제 전화드렸던 강화수라고 합니다."

—벌써 오셨습니까? 잠시만 기다려 주시겠어요? 지금 막 판암IC를 지났습니다.

"타지에서 오시는 모양이군요."

—평택에서 타워크레인을 한 대 인수해 오느라 좀 늦었습

니다.

타워크레인의 가격대가 억대를 호가하는 것을 감안하면 그의 자산은 상당할 것 같았다.

"아무튼 알겠습니다. 이곳에서 잠시 기다리지요."

─아닙니다. 직원들에게 전화를 해놓을 테니 안으로 들어가 기다리시지요. 물건도 좀 구경하시고요.

"알겠습니다."

─예, 그럼…….

전화를 끊고 난 지 약 1분도 채 되지 않아 울타리의 문이 열리며 한 사내가 걸어 나왔다.

"강화수 씨?"

"예, 그렇습니다."

"이쪽으로 오시죠. 차는 안에다 주차하시면 됩니다."

화수는 자신이 타고 온 차량을 울타리 안쪽으로 천천히 몰고 들어갔다.

그는 회사의 전경을 바라보며 연신 감탄사를 연발했다.

"오오……. 우리와는 비교도 할 수 없구나."

이곳에는 화수가 보유하고 있는 중고수입차보다 많은 양의 중장비들이 쌓여 있었다.

대중에는 수리를 기다리는 물건도 있었지만 대부분 정상적으로 작동할 수 있도록 정비가 끝나 있었다.

화수는 신형 장비들이 놓인 곳에 차를 세우곤 한창 수리가 진행 중인 작업장으로 향했다.

그곳에는 용접공을 비롯한 중장비 전문가들이 한데 모여 장비를 고치고 있었다.

그는 작업장 관리자에게 다가가 양해를 구했다.

"잠시 이곳에서 구경을 좀 해도 되겠습니까?"

"장비를 사러 오신 것 아니었습니까?"

"그렇긴 합니다만, 호기심이 좀 생겨서요. 혹시 방해가 된다면 돌아가겠습니다."

그는 고개를 가로저었다.

"아닙니다. 구경하십시오. 좀 본다고 닳는 것도 아니고."

"감사합니다."

경장비들이나 자동차들은 이렇게 많은 인원을 필요로 하지 않는다.

한 명, 많아야 두 명의 기술자가 붙어서 한 대의 차량을 수리하고 광택만 내서 바로 판매에 들어가기 때문이다.

하지만 중장비의 경우엔 각 분야의 전문가가 맡은 부분을 수리하고 도장 전문가가 도장까지 그 자리에서 끝을 내었다.

오늘은 천장 크레인 수리가 있는 날인 모양이다.

공장의 천장에 매달아 사용하는 천장 크레인은 전용 로프를 이용해 물건을 옮길 수 있는 편리한 시스템의 장비다.

변전소나 발전소 등의 공사현장에 설비를 설치하는 소형

작업부터 제철공장이나 제강공장 등에서 시행되는 대형 작업에도 사용된다.

용도가 많은 만큼 주행 속도와 구동구륜이 세분화되어 그 종류도 다양하다.

오늘은 주로 철강 회사에서 사용하는 초대형 천장 크레인의 수리작업이 이뤄지고 있었다.

"이 정도 설비는 얼마나 합니까?"

"소형이 기본 1천부터 시작하니까 대형은 적어도 두세 배는 족히 넘겠지요."

"으음, 중고 가격이 그렇게 높으면 새 물건은 꽤 나가겠는데요?"

"물론입니다. 천장 크레인이나 호이스트 크레인은 꽤나 수요가 많은 편입니다. 가공공장에선 필수적인 장비니까요."

"그렇군요."

자동차를 수리하는 것도 꽤나 짭짤한 돈이 되지만 이렇게 굵직굵직한 대형 장비들을 수리해서 팔아도 꽤나 많은 이문이 남을 듯했다.

이윽고 화수에게로 이 회사의 사장 민현철이 다가와 인사했다.

"강화수 씨?"

"예, 그렇습니다."

"민현철입니다. 제가 좀 늦었지요?"

"아닙니다."

"우선 이쪽으로 오시죠. 이곳에선 물건에 대한 얘기를 하기가 좋지 않을 듯하군요."

"그러시죠."

화수는 그를 따라 사무실로 이동했다.

*   *   *

민현철은 화수에게 대당 3천 5백만 원의 견적을 내어주었다.

5톤 트럭에 장비한 히아브 크레인의 평균 가격대가 5천만 원대인 것을 감안하면 엄청난 가격이다.

이것도 모두 화수가 건축업자의 소개로 왔기 때문이었다.

만약 건축업자가 협력 관계에 있지 않았다면 절대로 불가능한 금액이었을 것이다.

히아브 크레인을 구매하면서 화수는 중장비 매입에 대한 얘기를 들었다.

"보통 중고 중장비는 중장비 업자들이 장비를 새로 구매하면서 발생하지요. 건설업자와 긴밀한 관계를 유지하는 편이 좋을 겁니다."

"그렇군요."

귀를 간질이는 정보에 화수는 조금 더 귀를 기울였다.

"혹시나 중장비도 외국에서 들여오는 경우가 있습니까?"

"물론이지요. 불도저부터 굴삭기까지 그 종류도 다양하지요. 아니, 어쩌면 한국에서 물건을 구하는 것보다 외국에서 들여오는 것이 나을 때도 있습니다. 볼보와 같은 중장비 명가의 물건들을 보다 싸게 구매할 수도 있으니까요."

"으음, 그렇군요."

외제차를 수입해서 수리하는 것도 좋지만 중장비를 수입해서 중고로 팔면 상당한 이득이 될 듯하다.

"또 하나 팁을 드리자면 중고 중장비는 수입해서 파는 것보다 렌트를 하는 편이 나을 겁니다."

"아하, 덩어리가 크기 때문이군요."

"맞습니다. 한 대에 적게는 몇천만 원에서 1억을 간단히 호가하는 중장비들을 구매해서 사용하는 업자는 그다지 많지가 않아요. 차라리 렌트를 돌리는 편이 나을 수도 있습니다."

중고를 수리해서 파는 시장은 화수가 생각했던 것보다 훨씬 더 넓은 영역을 가지고 있는 듯하다.

화수는 차 한 잔과 함께 즐거운 얘기를 나눈 그에게 깊이 고개를 숙였다.

"말씀 감사합니다. 잔금은 내일 중으로 입금하겠습니다."

"그러시지요. 일단 물건은 가지고 가시고 하자가 있으면 한 달 이내에 말씀하시면 됩니다."

"예, 알겠습니다."

화수는 계약금을 지불하고 중고장비상을 나섰다.

*   *   *

늦은 저녁, 화수는 전희수와 함께 대흥동 고깃집에 머물렀
다.

연탄구이가 유명한 이곳은 전희수가 대학 때부터 자주 다
니던 단골집이라고 했다.

회식이 아니고선 전희수와 독대를 잘 하지 않는 화수가 그
녀에게 술을 따랐다.

"한 잔 하시죠."

그녀는 술잔을 받으면서도 연신 고개를 갸웃거렸다.

"도대체 무슨 얘기를 하시려고 사람에게 술까지 먹이는 겁
니까?"

"입사 이례에 한 번도 둘이서 술자리를 가진 적이 없는 것
같아서 말입니다."

전희수는 고개를 가로저었다.

"그런 상투적인 이유 말고 제대로 된 이유를 말씀해 주시
지요."

화수는 멋쩍은 듯 뒤통수를 긁적였다.

"하하, 걸렸습니까?"

"사장님처럼 공과 사 구분이 뚜렷한 분이 개인적으로 한

새로운 시작 163

사람만 불러다 술을 사주실 리가 없지요."

"제가 그렇게 빡빡한 사람으로 보였습니까?"

"아닌가요?"

화수는 씁쓸하게 웃었다.

"뭐, 틀린 말이 아니리서 뭐라 반박을 할 수가 없군요."

전희수 역시 화수에게 술을 한 잔 따랐다.

"그렇다고 사장님이 나쁜 사람이라는 건 아닙니다."

"후후, 고맙습니다."

술잔을 가득 채운 두 사람이 단숨에 술을 목구멍으로 털어넣었다.

이윽고 화수는 그녀에게 진짜 자신의 목적에 대해 말했다.

"제가 이번에 중고중장비 사업을 해볼까 합니다."

"중고중장비요?"

"아무리 제가 기술을 익히고 새로운 재생 방법을 고안한다고 해도 기술자가 없으면 말짱 도루묵입니다."

그녀는 대충 그가 어떤 말을 할지 알고 있는 듯했다.

"기술자를 구해드리는 건 어렵지 않습니다. 기계공학을 전공하고 중장비 쪽으로 빠진 사람들도 꽤나 있으니까요."

"그래주실 수 있습니까?"

"하지만 그쪽으로 전혀 경험이 없어서 사업을 펼쳐도 괜찮나요?"

화수는 고개를 끄덕였다.

"어차피 처음엔 부업식으로 시작할 겁니다. 아시지 않습니까? 내가 안정적인 것을 좋아한다는 것을요."

"그렇긴 하지요."

"이번에도 역시 안정성을 보장받은 후에 사업을 펼칠 겁니다. 그러니 걱정하실 필요 없습니다."

"뭐, 사장님의 생각이 그렇다면 사람을 구해드리지요. 한 일주일만 기다려 주십시오. 동기나 선후배들 사이에 중장비 쪽에서 일하는 사람이 있는지 알아보겠습니다."

"감사합니다."

화수에게 있어 그녀는 그야말로 보석 같은 존재다.

두 사람은 처음으로 갖는 술자리임에도 밤이 늦도록 술을 마셨다.

7장

기술자를 모으다

　조립식 건물이 완성되고 고물상에 들어올 설비들이 모두 갖추어졌다.

　이제부터 화수는 고물 매집과 철거를 전문적으로 맡아줄 팀을 구성하기 위해 기술자들을 수소문하기 시작했다.

　그 첫 번째로 대면한 사람들은 철거 기술자였다.

　철거 기술자들은 전문적인 자격증이 없지만 용접부터 지게차 운전까지, 못하는 것이 없는 일당백의 인부다.

　하지만 자격증을 취득하지 못했다는 이유로 현장에서 제대로 된 대우를 받지 못하는 경우가 태반이었다.

　화수는 얼마 전까지 함께 철거 공사판을 전전하던 기술자들을 한군데로 모았다.

가오동 삼겹살집에 모인 사람은 총 다섯 명, 기본적으로 경력이 20년 이상은 되는 사람이다.

대부분의 현장이 그들을 반장으로 부르긴 하지만 그만한 대우를 해주는 곳은 거의 없다.

그렇기 때문에 그들의 임금은 정식 기술자들보다 저렴할 수밖에 없는 것이다.

화수는 그런 그들에게 현장에서 해주는 대우보다 훨씬 나은 조건을 제시했다.

"일당을 3만 원씩 더 쳐드리겠습니다. 그리고 4대 보험까지 들어드리지요. 한마디로 일이 없는 날도 수당을 받는 셈이지요."

그는 이들을 일당쟁이 인부로 부리는 것이 아니라 정식직원으로 사용할 생각이었다.

요즘 화수가 맡은 현장은 비교적 저렴한 공사견적에 고물을 얹어주는 형식으로 돌아간다.

그러니 이들에게 월급을 주어도 충분히 이득이 남을 수 있는 구조다.

"좋아. 난 하겠어."

"나도 하겠어. 화수가 대우를 해준다는데 안 갈 리가 없잖아?"

"모두들 정말 감사합니다."

화수가 제시한 조건이 워낙에 좋기도 했지만 이 사람들에게 화수의 평판은 꽤나 좋은 편이었다.

일도 열심히 하는 청년이지만 인간성은 그 성실함보다 훨씬 더 높게 쳐주고 있었던 것이다.

그러니 화수가 이렇게 급작스럽게 제안을 했음에도 불구하고 쉽사리 수락한 것이었다.

"그럼 첫 번째 현장엔 언제부터 투입할 예정이지?"

"일주일 뒤입니다. 아직까지 장비가 모두 갖춰지지 않았거든요."

"장비?"

"우리는 소수 정예로 돌아가는 팀이다 보니 손이 가는 일이 많을 겁니다. 그래서 그 공백을 채워줄 장비를 만들어내고 있는 중이지요."

"으음, 그렇군."

"또한 철거를 하려면 고물을 수집할 팀이 필요한데. 아직 히아브 크레인을 수배하는 중입니다. 일주일만 기다려 주시면 곧바로 공사를 잡겠습니다."

"그래, 알겠네. 그럼 일주일 동안 다른 현장에서 일하면 되는 것이지?"

"예, 그렇습니다. 하지만 이제부터 일이 상당히 바쁠 테니 어지간하면 집에서 며칠 푹 쉬시지요. 아니면 미리 회사로 출근하셔도 됩니다. 수당은 챙겨 드릴게요."

"오호, 그렇게까지 배려를?"

"이제부턴 한 가족이 될 것 아닙니까? 당연히 챙겨 드려야지요."

"하하, 아무튼 사람이 화끈해서 좋다니까."

기술자들에게 일주일 치 수당이 꽤나 짭짤한 돈이겠지만 화수의 입장에선 그렇게 큰돈은 아니다.

기왕지사 사람을 모으는 것이라면 초장부터 확실하게 그들을 붙잡을 매력적인 무언가가 있어야 한다.

화수는 그 매력으로 돈을 택했다.

"그럼 내일부터 모두 회사로 출근하시는 것이지요?"

"알겠네. 그렇게 하지."

"회사로 출근하셔서 장비에 대한 지식도 좀 익히시고 고용 계약서도 작성하시지요."

"그리하겠네."

앞으로 인원이 조금 더 늘어나긴 하겠지만 일단 이렇게 철 거팀이 구성된 셈이다.

화수는 계속해서 술잔을 비워 나갔다.

＊　　　＊　　　＊

고물상의 수익 상승률은 비교적 눈에 띄지 않도록 성장하고 있지만, 지금으로선 전체 수익에서 십분의 일을 차지할 정도로 고수익을 올리고 있었다.

그러나 요즘은 수집보단 매매로 수익을 올리고 있기 때문에 순수익이 다소 떨어지는 경향이 있었다.

화수는 이제 그런 경향들을 타파하기 위해 고물상 재활용 자원을 따로 매집해 줄 사람을 찾았다.

어차피 짐을 나르는 일은 히아브 크레인이 할 테니 두 명에서 세 명의 인부만 있으면 고물상은 충분히 돌아간다.

하지만 문제는 첫눈에 고물과 비철을 구분해 낼 줄 아는 사람을 찾기란 여간 어려운 일이 아니라는 것이다.

화수는 지인의 소개로 신탄진에서 철근공장을 운영하던 문시창이라는 사람을 만날 수 있었다.

철근공장을 운영하자면 중장비를 다루는 일은 물론이고 철에 대해선 누구보다 잘 알 것이다.

하지만 과연 그가 고물상 일을 흔쾌히 수락할지는 의문이었다.

워낙 인식이 좋지 않은 일이 바로 고물상 일이기 때문이다.

그러나 화수에게도 비장의 무기가 있었다.

그는 최근 아파트 단지와 학교, 군부대 등에서 나오는 재활용품을 수거하는 일을 맡았다.

우연치 않게도 호앙의 지인 중에 한국에서 자원회사를 하다 그만둔 사람이 있었던 것이다.

몇 차례 술자리를 가진 후에 그는 화수에게 자신이 관리하던 지역을 물려 주었다.

이렇게 하면 아무리 고물상 일이라도 무시는 받지 않을 것이다.

문시창은 그런 것은 아무래도 좋다는 입장이다.

그는 자신이 혼자서 아이를 키우기 때문에 그에 합당한 일자리를 찾고 있다고 했다.

이제 막 어린이집에 들어간 아이를 스쿨버스에 태워 보낼 수 있고 끝날 땐 아이를 찾아서 돌아올 수 있는 일이여야만 했다.

화수는 그런 그의 사정을 최대한 봐주기로 했다.

"어차피 우리가 수거를 하는 시점이 아침 10시에서 11시 사이이니까 아이를 보내기엔 충분할 겁니다. 또한 야밤에 분리수거를 하는 사람은 거의 없기 때문에 늦게 끝날 일도 거의 없습니다. 물론, 사람의 일이라는 것이 어떻게 될지 몰라서 똑 부러지게 장담은 할 수 없습니다만 그렇게 될 수 있도록 노력하겠습니다."

"그럼 고물상에 들어오는 고물은 누가 받습니까?"

"그건 걱정하지 마십시오. 이곳으로 들어오는 물건은 경리부 직원이나 팀장이 알아서 처리할 겁니다. 팀장님께서 공대를 나오셔서 그쪽으로도 꽤나 해박한 지식을 가지고 있거든요."

아무리 지인의 소개로 받은 사람이라곤 해도 문시창은 곧

바로 답을 내리지 못한다.

"…우선 생각을 좀 할 시간을 주십시오. 너무 갑작스러운 일이라……."

이혼을 한 지 2년이 채 되지 않은 문시창은 혼자서 아이를 키우고 있었다.

비록 지금은 공사판을 전전하고 있는 신세이지만 한때는 철근회사를 운영하며 사장님 소리를 들으며 살아왔었다.

운영 실패로 공장이 문을 닫긴 했으나 돈을 갈고리로 긁어 모았던 문시창었다.

젊은 날의 성공으로 인해 그의 생활은 점점 피폐해져만 갔고, 결국 아내는 그의 곁을 떠났다.

그 여파는 직장까지 미쳤고, 그는 결국 회사를 잃은 위기에 몰리게 되었던 것이다.

한때는 노는 것으로 동네 부러울 것이 없었던 난봉꾼이지만 지금은 아이를 착실히 돌보기 위해 새로 잡은 직장까지 그만둘 정도로 자식만 생각하는 열혈아빠가 되었다.

그는 지금 자신에게 남은 것이 딸뿐이라서 쉽사리 지금의 안정감을 깨버리기 싫었던 것이다.

화수는 그의 생각을 존중하기로 했다.

"천천히 생각하십시오. 저 역시 억지로 제 생각을 관철시킬 정도로 무뢰배는 아니거든요."

"…감사합니다."

어쩐지 의기소침한 그의 어깨가 유난히도 무거워 보였다.

"부디 좋은 소식 기다리겠습니다."

"조만간 연락드리지요."

그는 이내 자리에서 일어섰고, 화수 역시 몇 잔의 소주를 더 마시고 자리에서 일어섰다.

*   *   *

이른 아침, 화수는 철거팀에게 자신이 개발한 마도학 장비들을 보여주며 설명에 들어갔다.

"시중엔 잘 풀리지 않은 물건들입니다. 만들기가 까다로워서 제가 특허출원해서 팔지 않았거든요."

"까다롭게 이 짓을 하는 것보다 획기적인 물건을 만들어 파는 편이 좋을 텐데?"

"일정량 이상을 못 만드는 사정이 있습니다. 하지만 남들이 카피도 못하고 모사도 못하는 구조라서 기술을 빼앗길 염려도 없지요. 그래서 저는 가능하면 이 장비를 보급하지 않고 쓸 작정입니다."

"뭐, 사장이 그렇다면 그런 것이지."

화수는 그들에게 마나코어가 달린 팔찌를 하나씩 건네주었다.

"이게 뭔가?"

"제가 사용하는 장비의 스마트키입니다. 그게 없으면 시동을 걸 수가 없지요."

그들은 마법을 부릴 수 없는 사람이지만 마나코어를 손목에 차고 있으면 충분히 시동을 걸 수가 있다.

그렇게 되면 마도학 장비들이 반쪽짜리 마나코어를 가진 사람에게 충성하며 작업을 가능케 하는 것이다.

화수가 그들에게 가장 먼저 보여준 것은 바퀴가 달린 양철 인형이었다.

"이건 사람을 쫓아다니는 수레입니다. 아마 이런 기술력을 보유한 사람은 저밖에 없을 겁니다. 그러니 이 건에 대해선 부디 함구해 주시기 바랍니다."

팔찌를 찬 화수의 뒤를 양철인형이 졸졸 따라다녔다.

달그락, 달그락⋯⋯.

"현장에선 일일이 무거운 것을 옮겨야 할 일이 많습니다. 그래서 저는 이렇게 두 손을 쓰지 않고도 물건을 옮길 수 있는 장비를 마련했습니다. 어떻습니까?"

태어나 이런 광경은 처음 보는 인부들로선 입을 다물기 힘들었다.

"와, 와아⋯⋯! 뭐 이런 신기한 경우가?"

"설명하자면 깁니다. 하여튼 제가 발명한 것은 확실하니 그렇게들 아십시오."

이렇게 된 김에 화수는 마법용접기와 마법사다리를 공개하기로 했다.

"이번에는 일반 산소용접기의 강도에 무려 10배에 달하는 화력을 가진 용접기와 유기적으로 움직이며 작업할 수 있는 사다리를 보여드리겠습니다."

바퀴가 달린 사다리는 안정적으로 중심을 잡으면서도 유기적으로 높낮이를 조절할 수 있었다.

하지만 일반적인 사다리와 다른 점이라면 알아서 높이 조절이 된다는 점이었다.

"팀장님의 뇌파에서 보낸 신호를 팔찌가 감지해서 본체로 보냅니다. 그렇게 되면 높낮이를 알아서 조절하게 되는 것이지요."

"오오! 그런 신기한 기술이 다 있었단 말인가?"

"말씀드리지 않았습니까? 최근에 카이스트에 초대되었다고 말입니다. 그들의 영향을 받은 겁니다."

"그렇군."

급한 김에 둘러대긴 했지만 역시 한구과학기술연구원의 이름값은 무서운 법이다.

그들은 이 정도 기술력에 자금력까지 가진 화수가 새삼 달라 보였다.

원래 사람이 좋다는 것은 알았지만 이렇게 머리가 좋은 것은 처음 알았기 때문이다.

"아무튼 이 장비들을 가지고 내일부터 작업에 나설 겁니다. 이해들 가셨지요?"

"그래, 알겠네."

화수는 내일 작업에 나설 차비를 차렸다.

*　　　*　　　*

충북 영동에 위치한 4층 건물의 철거 현장에 지수자원 철거팀이 도착했다.

그들은 사무실에서 가지고 온 중장비들과 마법장비들을 가지고 본격적인 철거에 나섰다.

"보시면 아시겠지만 상당히 낡은 건물입니다. 그래도 뼈대를 남겨달라는 주인의 주문이 있었으니 최대한 부식이 되지 않는 선에서 해결을 봐야 합니다."

"문제없지."

비록 입사 경력 일주일밖에 되지 않는 그들이지만 철거경력은 무려 20년이 넘는다.

이런 소규모 철거쯤은 눈 감고도 후딱 해치울 수 있었다.

다섯 명은 누가 먼저랄 것도 없이 알아서 자신들의 위치를 찾아갔다.

산소용접으로 고철을 떼어내는 사람, 보일러 시스템을 철거하는 사람, 전기배선을 차단시키는 사람, 각종 설비를 철거

하는 사람, 드릴로 각종 시설물을 파괴하는 사람까지.

각자의 주특기를 살려서 맡은 바 소임을 다했다.

워낙 오래도록 일을 해온 그들이기 때문에 누가 시키지 않아도 자신의 자리를 찾아갈 수 있었다.

화수는 그런 그들을 따라다니며 폐기물을 수거했다.

덜그럭, 덜그럭.

그는 자신의 뒤를 따라다니는 양철인형에게 쓰레기를 퍼담아 창문 밖으로 마구 집어 던졌다.

콰앙!

꽤나 시끄러운 소음이 동반되고 있었지만 기술자들은 그 소리가 전혀 들리지 않는 모양이었다.

한번 집중하면 주변에서 사고가 일어나지 않는 이상 절대로 일어서지 않았다.

이럴 때보면 오히려 화수보다 집중력이 좋은 것 같기도 했다.

마법으로 만든 용접기로 용접을 하는 용접담당 김씨의 표정이 환하게 밝아졌다.

"이야, 이거 효과 한번 죽이는데?!"

어제 설명을 하긴 했지만 직접 장비를 써보니 그 성능이 꽤나 마음에 든 모양이다.

그의 바로 옆에서 마법드릴을 사용하던 박씨도 같은 표정이다.

"이거 진짜 물건이군. 이 정도라면 하루에 두 탕도 거뜬히 뛰겠어."

그 밖에도 여러 가지 장비가 있었는데, 모두 사용 후엔 아주 만족스러운 표정을 지었다.

비록 양철인형을 써서 공짜로 철거를 할 수는 없지만 호랑이에게 날개를 달아준 격이니, 이보다 더 좋을 수는 없을 것이다.

작업이 한창 진행되어 시간은 이제 정오로 향하고 있었다.

화수는 양철인형을 구석으로 밀어 넣은 후에 기술자들을 불러 모았다.

"식사하고 하시죠. 모두 다 먹고살자고 하는 일 아닙니까?"

"그럼 그럴까?"

일에 대한 욕심은 있지만 굳이 무리해서 몸을 상하게 하는 짓은 하지 않았다.

덕분에 현장의 분위기도 좋고 팀워크도 잘 맞아서 일이 아주 빨리 끝날 것 같았다.

어쩌면 양철인형을 쓰는 것보다 훨씬 일이 수월하게 진행될지도 모를 일이다.

화수는 이제 그들에게 온전히 현장을 맡겨도 될 것 같다는 느낌이 들었다.

*   *   *

늦은 밤, 문시창이 화수를 찾아왔다.

벌써 시간이 10시가 넘어가고 있었지만 화수는 그를 반갑게 맞이했다.

"들어오시겠습니까? 아니면 밖에서 간단하게 한잔하시겠습니까?"

문시창은 고개를 가로저었다.

"늦은 밤이니 오늘은 용건만 간단히 하고 돌아가겠습니다."

"그러시지요."

화수는 그에게 담배를 한 개비 건넸다.

"한 대 피우시겠습니까?"

"좋지요."

술로 풀기엔 너무 오랜 시간이 걸린다 싶으면 차라리 그냥 담배를 한 대 피우는 편이 나을 것 같았다.

두 사람은 집에서 조금 떨어진 정자로 이동했다.

치익…….

그의 담배에 불을 붙여준 화수는 자신의 담배에도 불을 당겼다.

"후우……! 좋군요. 집에선 아이 때문에 담배를 피울 수 없거든요."

"간접흡연은 좋지 않으니까요. 이해합니다."

마나코어의 영향으로 담배의 영향을 받지 않는 화수이지만 문시창은 다르다.

그는 연신 담배를 끊어야겠다는 말을 반복했다.

"습관처럼 지껄이는 겁니다만, 어서 담배를 끊어야겠다는 생각이 들어요."

"하지만 좀처럼 쉽지가 않지요. 담배는 중독이라기보다는 습관이 크다고 하니까요."

원래 담배 특유의 목 넘김을 경험할 수 없었던 마도병기 시절엔 담배를 피우지 않았던 화수다.

하지만 요즘 그는 군대에서 가끔 피우던 담배를 피우면 꽤나 괜찮은 느낌이 든다는 것을 깨달았다.

마나코어를 이런 곳에 사용한다는 것이 걸리긴 하지만 덕분에 화수는 건강악화는 걱정할 필요가 없어졌다.

연거푸 담배를 두 개비나 피운 문시창이 화수에게 슬슬 본론을 꺼냈다.

"일을… 하겠습니다. 하지만 조건이 하나 있습니다."

"무슨 조건이시지요?"

"만약 일이 늦어지는 날엔 회사에 아이를 맡겨두었으면 합니다. 어린이집에서 아이가 돌아오면 도저히 맡아줄 곳이 없습니다. 이래선 불안해서 일을 할 수 없을 것 같습니다."

화수는 흔쾌히 고개를 끄덕였다.

"알겠습니다. 그 점은 걱정하지 마십시오. 우리 누나도 있고 여직원들도 있으니까요."

"감사합니다. 아이 때문에 일을 제대로 할 수가 없어서……."

어쩐지 겸연쩍은 표정으로 뒤통수를 긁적거리는 그에게 화수가 말했다.

"멋있습니다. 앞으론 그렇게 의기소침한 표정 짓지 말았으면 합니다."

그는 빙그레 미소를 지었다.

"알겠습니다. 명심하지요."

두 사람은 서로에게 악수를 건넸다.

"앞으로 잘 부탁합니다."

"저야말로요."

앞으로 좋은 일이 있을 것 같은 예감이 들었다.

*   *   *

대전과 충남을 아우르는 경비사단 32사단은 지역 예비군을 수용하고 신병을 양성하는 곳이다.

화수는 그런 32사단에서 나오는 각종 재활용품을 수거하고 돈을 받는다.

수거하는 품목을 가져다 세척해야 할 때도 있지만, 사단의 규모를 생각해 볼 때 꽤나 짭짤한 수익을 올린다고 할 수 있었다.

5톤 히아브트럭을 타고 32시단을 찾은 화수는 병사에게 방문증을 보여줬다.

"분리수거 하러 왔습니다."

"통과! 충성!"

"충성."

초병에게 가볍게 거수경례를 한 화수는 가장 먼저 사단 사령부 분리수거장부터 돌기로 했다.

화물차 조수석에 앉은 문시창에게 화수는 전반적인 업무에 대해 설명했다.

"팀장님께선 트럭을 운전하고 히아브 크레인을 이용해 분리수거 용품을 차곡차곡 쌓으시면 됩니다."

"그럼 분리수거 용품은 누가 꺼내어 줍니까?"

"부대 내에 있는 병사들이 모두 나와서 도와줍니다. 보통은 1개 소대나 1개 중대가 나와서 도와주니까 금방 끝이 날 겁니다."

사령부의 분리수거 용품의 양은 엄청나다.

1만의 군사를 거느리는 사단의 심장부다 보니 이런저런 재활용품이 많이 발생하기 때문이다.

취사장을 비롯해 사무직과 의무실까지, 발생되는 곳도 여러 가지다.

화수가 방문했다는 소식을 들은 사령부는 그에게 2개 소대의 병력을 보내주었다.

트럭이 분리수거장 앞에 도착하자, 상사 계급의 간부가 다가왔다.

"분리수거 오신 것이지요?"

"네, 그렇습니다."

"오늘은 양이 그렇게 많지 않으니 30분 이내로 끝날 겁니다."

"알겠습니다. 그럼 작업 시작하겠습니다."

화수는 트럭을 지지시키는 네 개의 다리를 내리고 히아브 크레인 조종석으로 다가갔다.

위이이이잉……!

1.11톤을 지지할 수 있는 히아브 크레인이 한 아름 쌓여 있는 분리수거 용품을 집어서 차곡차곡 적재함에 쌓았다.

화수는 가장 효과적으로 적재할 수 있는 방법을 알려주며 작업에 열중했다.

"투명봉지는 우리가 부대에 제공하는 물건입니다. 저게 있어야 편리하게 분리수거를 할 수 있거든요."

"으음, 그렇게 되면 이윤이 절감될 텐데요?"

"손이 덜 가는 편이 이윤절감에 훨씬 더 도움이 많이 됩니다. 그러니 차라리 이런 식으로 작업을 하는 편이 낫습니다."

"그렇군요."

2개 소대의 병력은 간부들의 지휘 아래 일사분란하게 분리수거 용품을 화수의 앞에 가져다 놓았다.

히아브 크레인으로 집을 수 없는 것은 문시창이 직접 적재함 앞 선반에 다리를 걸치고 앉아 받았다.

"하나, 둘, 셋!"

"영차!"

서로 힘을 합치니 산더미처럼 쌓여 있던 분리수거 용품이 30분 만에 형체도 없이 사라졌다.

화수는 적재함 뚜껑을 닫은 후에 히아브 크레인을 다시 원상복귀시켰다.

"다들 고생 많으셨습니다."

"아닙니다. 그럼 수고하십시오."

간부는 병사들을 이끌고 다시 생활관으로 돌아갔고, 화수는 곧장 다음 분리수거장으로 이동했다.

* * *

사단 하나를 도는 데 걸리는 시간은 총 다섯 시간이다.

부대가 한 군데 뭉쳐 있는 것이 아니기 때문에 분리수거장도 각기 따로 가지고 있다.

사단예하 연대, 대대, 그 아래 독립중대와 독립소대까지 돌아다니자면 결코 만만치 않은 일이었던 것이다.

분리수거 용품으로 돈을 꽤 짭짤하게 만지긴 하지만 매일 이곳에 올 수 없는 이유가 바로 여기에 있었다.

화수는 대전에 있는 부대를 요일별로 돌면서 분리수거 용품을 회수하는데, 주말을 제외하고 거의 모든 요일을 이곳에 할애할 정도다.

32사단에 있는 분리수거 용품을 모두 수거한 다음엔 인근에 있는 초등학교 두 군데로 향했다.

이곳은 호앙의 지인인 교육감이 소개한 곳으로, 워낙 도로 상황이 좋지 않아 어지간한 고물상들도 두 손 두 발을 다 든 곳이다.

하지만 화수는 특유의 근성으로 분리수거 용품을 회수했다.

두 사람은 유성 하기동에 있는 초등학교에서 분리수거 용품을 정리해서 투명한 봉지에 담았다.

그리고 그것을 가지고 약 5분 거리에 있는 대로변까지 나와 직접 적재함에 실었다.

두 사람의 팔목에는 마나코어 팔찌가 매달려 있었는데, 분리수거 용품을 옮기는 리어카는 마나코어로 만든 양철인형이었다.

그렇기 때문에 힘은 훨씬 덜 들었지만, 그래도 힘들기는 매한가지였다.

한여름에 분리수거 용품을 가지고 한 시간 넘게 왔다 갔다 했더니 두 사람의 등에는 엄청난 양의 땀방울이 맺혔다.

"허억, 허억……."

"꽤나 힘이 들지요?"

"아닙니다. 이 세상에 안 힘든 일이 어디에 있겠습니까?"

화수는 그에게 선크림을 건네며 말했다.

"이쪽 하기동에 있는 학교들이 워낙 구석에 있어서 대형트럭이 들어갈 수 없는 구조입니다. 그래서 유독 이곳만 힘이들지요. 다른 곳은 2인 1조나 3인 1조로 움직이면 금방 수거를 끝낼 수 있습니다. 아마 아이를 맡기는 날은 이곳 하기동에서 일하는 날이 될 겁니다."

하기동은 최근에 재개발에 들어가 신축아파트와 자동차 전용도로를 만들었다.

하지만 여전히 신축 초등학교엔 이렇다 할 진입로가 없어서 항상 골머리를 앓고 있었다.

만약 이곳의 입지가 좋았다면 다른 고물상이 벌써 교장에게 로비를 해서 분리수거장을 꿰차고 앉았을지도 모른다.

개인이 리어카를 끌고 오기엔 너무 멀고 트럭으로 들어오기는 또 불가능하니, 굳이 이곳에 로비할 고물상이 존재하지 않았던 것이다.

화수가 시계를 바라봤다.

"다섯 시 반이군요. 아마 저희 집에서 아이를 돌봐주고 있을 겁니다. 가시죠. 다 같이 저녁이나 한 끼 하지요."

"그럼 그럴까요?"

화수는 분리수거 용품을 한가득 싣고 다시 고물상으로 돌아갔다.

$$* \qquad * \qquad *$$

화수는 매일 밤마다 지수에게 마나코어 가루를 주입시켜 천천히 마나신경체계를 구축해 나가고 있었다.

지금은 왼손의 절반이 정상적으로 움직일 수 있는 상태이며 다리 또한 절반쯤 움직일 수 있었다.

안면은 100% 제 역할을 다 하고 있기 때문에 어눌한 발음으로 고생할 일은 이제 없어졌다.

7시가 다 되어서야 집으로 돌아온 화수는 지수와 문시창의 딸을 찾았다.

"누나! 영아야!"

"영아, 어디에 있니?"

잠시 후, 화수네 집 안방 문이 열리며 영아와 올빼미 충식이 모습을 드러냈다.

"어라? 아빠다!"

영아는 버선발로 달려 나와 문시창의 품에 안겼다.

"아빠!"

자신의 볼에 얼굴을 부비는 딸을 바라보는 문시창의 얼굴에 행복감이 번졌다.

"언니 말 잘 듣고 있었어?"

"응! 오늘 말을 잘 들었다고 언니가 맛있는 것을 해준데!"

"그래? 잘되었구나."

이윽고 충식이 화수의 어깨로 날아와 앉았다.

"부우, 부우……!"

"짜식, 갑자기 친한 척하긴."

언젠가부터 화수네 집에 눌러앉게 된 부엉이 충식은 이젠 그를 온전히 주인으로 인식하는 것 같았다.

왁자지껄한 소리를 들은 지수가 주방에서 나와 두 사람을 맞았다.

"두 사람 모두 고생 많았어요. 이제 곧 철거팀 직원들도 올 테니 손부터 씻어요."

"뭘 하는데 사람을 그렇게 많이 불러?"

"응, 백숙을 좀 해봤어."

"백숙! 백숙 죽이지!"

이윽고 작업을 끝내고 돌아온 철거팀이 화수네 집으로 들어섰다.

"어이, 화수!"

"오셨습니까?"

"오늘 작업은 어땠어?"

"제법 쉽게 끝났습니다. 현장은요? 소장이 뭐라고 하지 않던가요?"

"괜찮았지."

문시창은 마치 가족과 같은 화수네 회사 풍경이 도통 적응이 되지 않는 모양이었다.

화수는 그런 그를 철거팀과 융화시키기 위해 일부러 그의 칭찬했다.

"문 팀장님의 실력이 꽤 좋습니다. 비철과 고철을 구분하는 능력이 탁월해요."

"오, 그래?"

"과찬입니다. 그냥 예전에 철을 좀 만져서 그런 것뿐입니다."

"아니, 아니지. 비철의 종류를 파악하는 것이 고물상에서 가장 골치 아픈 일인데 그것을 유감없이 해낸다는 것은 칭찬받을 일이지."

"그런가요?"

"앞으로 작업반장으로서 제 역할을 하겠어."

"감사합니다."

김씨는 그를 데리고 평상으로 다가가 술잔을 건넸다.

"오늘은 고생이 많았을 테니 한잔하자고. 하기동에 다녀왔지?"

"어떻게 아셨습니까?"

"강 사장의 얼굴이 저렇게 번들번들하게 빛날 땐 꼭 하기 동에 다녀왔다고 하더군."

화수와 문지창은 아까부터 계속해서 선크림을 덕지덕지 바른 덕분에 얼굴이 꼭 대머리처럼 번들거리고 있었다.

문지창은 실소를 머금었다.

"워낙 얼굴 타는 것에 민감하시더군요."

"후후, 꼴에 아직 총각이라서 그래. 자네가 이해해."

손을 씻고 상을 차리던 화수가 고개를 갸웃거렸다.

"예? 뭐라고요?"

"아니야. 아무것도."

두 사람은 보이지 않게 키득거렸고, 화수는 연신 불만에 가 득한 표정을 지었다.

"…수상해. 뭔가 있지요?"

"아니, 아닐세. 자네도 한잔할 텐가?"

"좋지요."

화수가 자리에 앉아 술잔을 받을 때쯤엔 백숙이 완성되어 나왔다.

"자, 다들 드세요!"

"잘 먹겠습니다!"

"잘 먹을게!"

서로 고기를 나누어 먹고 술잔까지 돌리는 모습을 보니 영락없이 식구가 따로 없었다.

문지창은 이 광경이 너무 행복해 보였다.

'이곳에 취직하길 잘했군.'

오늘도 그렇게 술자리가 무르익어 갔다.

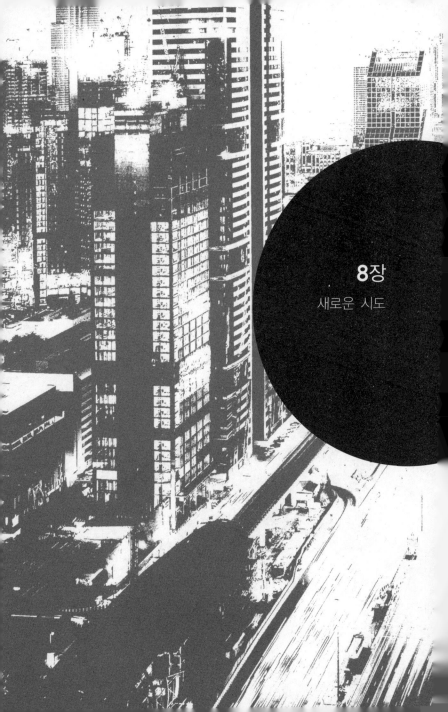

8장

새로운 시도

이른 오후, 지수자원의 간판이 내려가고 새로운 간판이 올라갔다.

화수는 회사의 상호를 '주식회사 이수'로 바꾸고 공업사와 고물상의 이름도 앞에 이수를 붙이기로 했다.

회사의 뜻은 화수와 지수의 돌림자인 빼어날 수(秀) 앞에 두 이(二)자를 붙여서 만들었다.

원래 지수의 이름을 따서 회사를 만들었던 것을 생각하면 조금 더 진보적인 이름이라고 할 수 있다.

지수는 이수의 간판이 올라가는 것을 바라보며 감격에 찬 미소를 지었다.

"…화수야, 이게 꿈은 아니지?"

화수는 누이의 어깨에 손을 올렸다.

"당연하지. 나와 누나가 피땀 흘려서 만든 간판이야."

그녀는 고개를 가로저었다.

"내가 한 것이 뭐 있다고?"

어깨에 손을 올린 화수는 조금 더 힘을 주어 그녀의 팔뚝을 휘어잡았다.

"아니야. 누나가 내 뒷바라지를 하지 않았다면 이런 날이 오긴 했을까? 그렇지 않아?"

"그렇게 말해주니 내 마음이 너무 뿌듯하네. 화수네 누나인 것이 오늘처럼 자랑스러운 날이 또 있었던가 싶어."

"쳇, 언제는 자랑스럽지 않았다는 거야?"

"만날 술이나 마시고 들어오는데 돈을 많이 벌면 뭐해? 나중에 누가 시집이나 오려고 하겠어?"

화수는 매일 술을 마시고 들어오는 자신을 귀엽게 책망하는 지수의 허리에 두 팔을 감았다.

"시집 안 온다고 하면 누나랑 둘이 평생 살지 뭐."

"피이, 마음에도 없는 소리 하긴."

"에이, 정말인데?"

그는 이제 슬슬 그녀의 몸이 나아가고 있음을 느낄 수 있었다.

'언젠간 누나도 내 곁을 떠나겠구나.'

평범한 남매들보다 훨씬 더 유대감이 깊은 화수와 지수이기에 서로가 없다는 상상만으로도 하늘이 무너질 지경이었다.

하지만 언젠가는 겪어야 할 일이다.

"오늘은 간판을 간 기념으로 고기나 좀 먹을까?"

"또 술 마시려고?"

"큭큭, 누나랑 둘이 마시게."

"뭐, 그럼 봐줄게."

두 사람은 다정하게 팔짱을 끼운 채 고깃집으로 향했다.

＊　　　＊　　　＊

주식회사 이수의 체계가 확립되었으니 이제 슬슬 더 높은 곳을 향해 도약할 차례였다.

화수는 인수합병 시장에 나온 물건 중 자신이 구매할 수 있는 통운회사를 찾아봤다.

말레이시아 등지에서 수입차를 가지고 오는 과정이나 새로 시도할 중장비 수입에 대한 절차를 간편화하기 위한 인수합병이다.

화수는 공개입찰로 나온 매물 중 가장 괜찮은 회사를 지목해서 공인회계사에게 분석을 의뢰했다.

그가 인수하려는 마영통운은 시가총액 30억 원대에 비해 그 규모가 상당히 큰 회사였다.

또한 부채도 적당히 쌓여 있기 때문에 인수하는 데 있어 부담도 적었다.

하지만 한 가지 걸리는 것이 있다면 5회 유찰경력이었다.

전희수의 선배라는 강희철은 마영통운에 대해 이렇게 설명했다.

"마영통운의 경우엔 부채는 적당한데 내실이 별로 좋지 않습니다. 회사의 규모만 컸지 그 안은 속빈 강정이라는 소리죠."

"속빈 강정이라……. 경영난 때문에 그렇게 되었을까요?"

그는 고개를 가로저었다.

"무차별적인 증자로 인해 회사의 규모만 커지고 내실이 그를 따라잡지 못하는 현상을 겪은 겁니다. 한마디로 회사의 사장이라는 작자가 폭탄돌리기를 해먹고 튄 거죠."

주가총액에 비해 터무니없이 싼 마영통운이 왜 자꾸 유찰이 된 것인지 이제야 알 것 같았다.

"법정관리 때도 문제가 많았습니다. 워낙 내실이 엉망인지라 아예 케어가 되지 않았던 모양이더군요."

"흐음……."

"만약 이 회사를 인수하게 된다면 회사 내에 있는 설비와 선박들만 취하고 이름은 바꾸어서 개업해야 할 겁니다."

마영통운이라는 회사가 남긴 오명들로 말할 것 같으면 한도 끝도 없을 정도였다.

자신이 알아본 것보다 훨씬 더 문제가 큰 회사인지라, 화수는 큰 고민에 빠졌다.

"으음……."

공인회계사는 조금 다른 의견을 내놓았다.

"일단 회사의 규모는 크니까 인수해서 잘만 이용하면 사장님께 이득이 될 수도 있겠습니다."

"이득이라, 어떻게 말입니까?"

"내실이 어떻든 간에 선박의 숫자나 트럭의 숫자 면에선 중견기업인 마영통운입니다. 안을 다 파내고 새롭게 채운다면 충분히 승산이 있다는 소리지요."

"그럼……."

"회사를 새롭게 다시 꾸리는 것이지요. 아예 처음부터 말입니다."

기존의 직원들을 모두 다 쳐내고 회사를 운영한다는 것은 생각보다 훨씬 더 어려운 일이다.

화수는 깊은 고민에 빠졌다.

"이것 참……."

"아직 법원경매에서 낙찰이 떨어지지 않았을 때 결정하시는 것이 좋습니다. 물론, 통운회사가 꼭 필요할 때의 얘기입니다."

깊은 고민에 빠져 있던 화수는 이내 결심을 내렸다.

"속을 다 파내는 것은 어렵고 썩은 부분만 도려내는 것으로 하지요."

"그게 가능하겠습니까?"

"길고 짧은 것은 대봐야 아는 것이지요."

화수는 마영통운을 폐업 직전에서 구해내기로 결정했다.

*　　*　　*

마영통운은 화수가 뻗은 구원의 손길로 인하여 기사회생의 기회를 맞았다.

외국행 선박과 국내 택배물류에 관한 설비를 대부분 갖추고 있는 마영통운은 원래 중견기업 이상의 건실한 기업이었다.

하지만 회사가 2대 사장에게 넘어가면서부터 그 세는 급격하게 기울기 시작했다.

1대 사장인 마영수는 일개 택배직원에서 회사를 일으킨 엄청난 수완의 사업가였다.

그러나 도박이라는 수렁에 빠져 수십 억대의 빚을 지곤 회사까지 말아먹기에 이르렀다.

도박 빚으로 회사를 받은 2대 사장은 회사에서 빼낼 수 있는 모든 자금을 탈탈 털어서 외국으로 도주했다.

그는 회사 주식을 무분별적으로 증자해서 회사의 덩치를 불렸다.

그리고 이중장부와 분식회계 등으로 거짓 내실을 다진 후에 회사를 통으로 팔아먹었다.

외국계 투자회사가 마영통운을 인수했을 땐 거의 파산직전이었고, 그들은 헐값에 회사를 매각할 수밖에 없었다.

그렇게 몇 번인가 인수합병을 당하고 당한 결과, 마영통운은 절대 회생불가능한 회사가 되어버렸다.

이것이 바로 한때는 중부권 최대의 통운회사가 될 뻔했던 마영통운의 진실이었다.

화수는 마영통운을 인수한 후에 조용히 회사로 잠입해서 소문에 귀를 기울이기로 했다.

대전 신탄진에 위치한 택배상하차장에 일용직 인부로 잠입한 화수는 상차칸에서 비지땀을 흘리고 있었다.

택배기사들이 몰고 온 차에서 내린 짐을 다시 환적해 싣거나 새롭게 수주 받은 택배를 싣는 작업인 상차작업은 고된 택배 일 중에서도 중노동에 해당했다.

철거 일도 상당히 고된 노동이라고 생각했던 화수는 엄청난 난이도의 상차작업에 혀를 내둘렀다.

'미칠 노릇이군.'

또한 대부분이 중국이나 동남아 지역 노동자로 이뤄진 택배회사의 작업 환경은 고된 일만큼이나 취약했다.

컨베이어벨트가 제대로 작동하지 않아서 차에서 분류 레일까지 사람이 직접 짐을 나르는 일이 있는가 하면 간식을 아에 제공하지 않는 경우도 있었다.

화수는 원래대로라면 간식으로 나왔어야 할 김밥에 대한 행방을 관리자에게 물었다.

"이보십시오, 왜 간식은 안 주시는 겁니까? 김밥이 나오는 것으로 알고 있습니다만?"

관리자는 딴청을 부렸다.

"불만이야? 불만이면 집으로 돌아가든가."

화수는 고개를 갸웃거렸다.

"원래 나와야 할 것을 달라는 것이 뭐가 잘못된 겁니까?"

그는 실소를 흘렸다.

"네가 사장이냐? 김밥이 나오네 마네 참견하게? 하긴, 이곳에 사장이라도 있었다면 밥이나 제대로 나왔겠어? 위에서 다 삥땅치고 남는 것도 없겠지."

순간, 그는 양쪽 미간을 사납게 찌푸렸다.

"…그게 무슨 말입니까?"

"알 것 없고 그냥 일이나 열심히 해. 그나마 임금이라도 제대로 받으려면 말이야."

돌아선 그를 바라보던 화수는 주변에서 들려온 호통에 다시 작업을 해야만 했다.

"어이! 거기, 일 하기 싫어?!"

"아, 아닙니다!"

화수는 다시 작업에 들어가면서 지금 이 상황에 대해 끝도 없이 생각했다.

그리고 한 가지 결론을 내렸다.

'돈이 새고 있다. 어떤 자식이 회사의 돈을 빨아먹고 있군.'

그는 남은 일을 마저 끝내기도 전에 상하차장을 빠져나왔다.

*　　　*　　　*

아무래도 회사에서 돈이 새는 것은 상하차장에서 알아볼 수 없을 것 같았다.

그래서 그는 자신의 인감으로 된 추천에서 친구의 이름을 적어서 가짜 입사서류를 냈다.

영업정지 직전까지 갔던 마영통운이지만 회사에 직원은 필요한 법이다.

그는 얼굴도 모르는 사장명의로 내린 공채에 홀로 합격해서 총무부로 들어가게 되었다.

화수는 신탄진 테크노밸리에 위치한 마영통운 사무실에 출근도장을 찍었다.

약 50평 남짓한 사무실엔 전화기와 팩스가 가득했다.

바쁘게 돌아가는 사무실에 들어선 화수는 우선 크게 인사부터 했다.

"안녕하십니까?! 신입사원 정현우입니다!"

좁고 습하고, 심지어 냄새까지 나는 사무실 구석에서 한 중년인이 고개를 스윽 내밀었다.

"신입?"

"예, 그렇습니다!"

"아, 이사님이 말씀하셨던 그 신입사원인 모양이군."

"총무부로 발령받았습니다!"

중년인은 화수에게 사원증을 하나 건넸다.

"이것을 목에 걸고 적당한 자리에 자리를 잡고 앉아."

"예? 이곳은 총무부가 아니라……."

"총무부가 따로 있는 줄 알았나 보네. 우리 회사엔 그런 것 없어."

순간, 화수가 고개를 갸웃거렸다.

"이, 이상하네. 분명 회사 정보엔 대덕테크노벨리에 5층 건물의 회사가 있다고 들었습니다만?"

그는 실소를 흘렸다.

"아, 큭큭! 그 회사 말이지? 벌써 남의 손에 넘어갔지. 명의만 회사 명의지 벌써 남에게 팔아먹은 지 오래야."

화수는 도대체 이게 어떻게 된 일인지 몰라 고개를 갸웃거렸다.

"그게 무슨 말씀이십니까? 사장도 없는데 회사 건물이 남에게 넘어가요?"

머리가 훤하게 벗겨진 이명철 부장은 씁쓸한 입맛을 다셨다.

"그러게 말이야. 나도 그제 참 의문이야. 명의는 회사에서 그대로 유지하고 있지만 실소유주는 다른 사람이야. 이건 분명 부동산사기이지만 회사의 시가총액을 조금이라도 올리려면 어쩔 수 없었겠지."

"뭐 이런 말도 안 되는……."

"큭큭, 그래. 말도 안 되지. 나처럼 월급도 제대로 못 받으면서도 실직자 되는 것이 두려워 회사에 남아 있는 사람들도 그것을 알면서도 버티고 있는 것이지."

그러고 보니 이 좁은 사무실에 지나치게 많은 사람이 있다 싶었다.

그 이유는 다름 아닌 회사 건물이 넘어가면서 그리된 모양이었다.

'황당하다 못해 아주 어처구니가 없군.'

일단 화수는 빈자리를 찾아가 짐을 풀었다.

잠입을 위해서 회사에 입사하긴 했지만 실제로 업무를 처리하지 않고선 사정을 파악할 수 없었다.

그래서 그는 진짜 신입사원처럼 총무부 업무에 투입되기 위해 필요한 모든 것을 준비했다.

이명철 부장은 화수에게 오래된 컴퓨터를 한 대 가리켰다.

"저 컴퓨터를 가져다 쓰면 돼. 좀 낡긴 했는데 워낙 방대한 자료가 들어 있어서 못 버리고 있었어. 하지만 성능은 괜찮아서 그런대로 쌩쌩하게 돌아갈 거야. 자료가 많아서 회사 사정 익히기도 쉬울 테고."

보통 신입사원 같으면 벌써 사표를 쓰고 도망을 갔어야 정상이다.

'정신 나간 회사군.'

한 20년은 되어 보이는 컴퓨터의 전원을 켠 화수는 자신도 모르게 화들짝 놀라고 말았다.

위이이이이잉, 타타타타타타탁!

마치 경운기 시동을 거는 듯한 소리가 컴퓨터에서 나고 있었던 것이다.

하지만 이 좁은 사무실에 있는 사람 그 어떤 누구도 소음에 신경을 쓰는 이가 없었다.

'뭐, 뭐야? 이 소리가 아무렇지도 않은 거야?'

난감한 표정을 짓는 화수에게 이명철이 대수롭지 않게 말했다.

"뭐, 이런 소리 때문에 그런 거야?"

이명철 부장은 자신의 자리에 있는 컴퓨터 전원을 켰는데, 역시 거기에서도 비슷한 소리가 났다.

그제야 화수는 이 사무실에 있는 모든 컴퓨터가 동일한 모델임을 깨달았다.

'미쳤군……'

화수는 이 회사가 왜 망했는지 알 것만 같았다.

　　　　*　　　　*　　　　*

창립 10주년을 맞은 마영통운은 꽤나 많은 단골 거래처와 외국 수하물을 취급했다.

그래서 국내 물류를 위한 차량은 물론이고 해외 배송을 위한 선박까지 구비하고 있었다.

하지만 사장이 바뀌면서 그야말로 유명무실한 회사가 되고 말았다.

화수는 중국으로 물건을 실어 나르는 선박이 정박하고 있는 평택으로 향했다.

평택 국제항에서 다롄까지 1차로 물건을 나르는 마영해운은 마지막으로 회사가 넘어가기 직전에 세워진 자회사다.

서해와 동해에 하나씩 항만시설을 갖춘 마형해운은 해외에서 들어오는 택배들이나 농수산물을 취급했다.

그러나 지금은 수하물이 거의 없어서 일주일에 두 번 출항할까 말까 할 정도로 일거리가 뜸했다.

화수는 이곳을 총무부 직원의 자격으로 방문했다.

평택항 근처에 위치한 사무실에 도착한 화수는 입이 떡 벌어졌다.

"이, 이게 회사라고?"

그저 간판 하나 걸린 마영해운의 사무실은 다 쓰러져 가는 컨테이너박스 두 개를 연결한 것이 전부였다.

도대체 이 안에 사람이 근무하긴 하는 것인지 의문이 들 정도였다.

똑똑.

"계십니까?"

그나마 사람이 있는 모양인지, 금방 사람이 문을 열고 나왔다.

"어떻게 오셨지요?"

더벅머리에 얼굴의 절반을 가리는 안경을 쓴 여자가 화수를 맞이했다.

화수는 그녀에게 사원증을 건넸다.

"본사에서 왔습니다."

그녀는 화수의 직급을 확인하더니 이내 편하게 말을 놓았다.

"본사에서 평택까진 무슨 일로?"

"총무부에서 입출항 장부와 공금출입대장을 받아오라고 했습니다. 장부는 팩스로 주고받지 않는다면서 말입니다."

비리와 부조리가 판치는 마영통운에서 단 한 가지 금기시여기는 것이 하나 있었는데, 그것은 바로 장부를 온라인으로 보내는 것이었다.

인터넷은 물론이고 팩스로 보내는 것도 절대로 금지였다.

만약 자칫 잘못해서 회사의 기밀이 유출되면 그나마 남아 있는 회사의 기반이 와르르 무너지기 때문이었다.

상당히 어처구니없는 정책이지만 화수에겐 오히려 잘된 일이었다.

그녀는 별다른 의심 없이 화수에게 장부를 건넸다.

"여기 있어. 그나저나 먼 길을 왔는데 마실 것 하나 없어서 어떻게 하지?"

"괜찮습니다. 어차피 금방 내려가 봐야 할 것 같습니다."

"후우, 이것 참. 사무실이 남의 회사에게 팔려서 이 신세라니, 내가 뭐라 할 말이 없어."

화수는 고개를 가로저었다.

"아닙니다. 별말씀을요."

"장준호 이사님만 계셨어도 일이 이 지경까지 오진 않았을 텐데……."

그녀의 넋두리에 화수가 귀를 기울였다.

"장준호 이사님이라니요?"

"회사가 넘어가는 순간까지 홀로 마영통운을 지켜내신 분이지. 지금은 경영진의 계략에 빠져서 강제퇴사를 당하셨어."

"강제퇴사요? 해고 말씀이십니까?"

"그래, 해고. 벌써 반년이나 지난 일이지만……."

그녀는 고개를 가로저었다.

"내가 지금 신입에게 무슨 소리를 지껄이고 있는 거야??"

이윽고 그녀는 컨테이너박스의 문을 닫았다.

"그럼 내려가는 길에 사고 없도록 조심하라고."

화수는 그녀가 언급했던 장준호 이사의 이름을 속으로 자꾸만 되뇌었다.

＊　　＊　　＊

회사가 화수에게 넘어가면서 사장 집무실은 그의 지문인식으로 열리도록 개조했다.

본사 건물에서 따로 떨어져 나온 작은 단독채로 남아 있던 사장 집무실을 화수가 자신의 임의대로 꾸민 것이다.

만약 누군가 집무실을 노리고 들어와 그나마 남은 회사의 자산을 날리면 낭패였기 때문이다.

어떤 이유에서 지문으로 잠기는 문을 달았던 결국 그 선택은 옳은 것이 되었다.

화수가 비밀리에 회사에 잠입할 때에도 그것은 아주 요긴하게 쓰였다.

홀로 회사에 남은 화수는 장준호에 대한 프로필을 검색했다.

인트라넷의 모든 데이터베이스가 들어 있는 사장 컴퓨터엔 장준호에 대한 자료가 속속들이 떠올랐다.

[장준호 : 1970년 출생, 충남대학교 경영학과 졸업, 2004년도 입사. 2014년도 퇴사.]

[국내물류시스템 구축 및 해외배송시스템 구축.]

[2009년도 상무이사로 특진.]

[회사 내부에 감찰부 설립, 감찰부장으로 역임.]

[…해외협력 업체 유치 및 계약 체결…….]

장준호는 회사 내부에선 절대로 없어선 안 되는 인재 중에 인재였다.

도대체 이런 장준호가 도대체 왜 해고를 당한 것인지 궁금해지지 않을 수 없는 화수다.

그는 프로필에 나와 있는 핸드폰으로 전화를 걸었다.

─이 전화는 고객님의 사정으로 당분간 착신이 정지되었습니다…….

아무래도 핸드폰은 사용하지 않는 모양이다.

이번에 화수는 자택으로 전화를 걸어봤다.

─여보세요?

저녁 8시, 조금 늦은 시간이지만 전화를 받았다.

"안녕하십니까? 마영통운 신임 대표이사 강화수라고 합니다. 장준호 이사님 되시죠?"

순간, 전화가 툭 끊어졌다.

—뚜우, 뚜우…….

"여, 여보세요?!"

아마도 전화를 받은 사람은 장준호이거나 그의 가족일 가능성이 높았다.

그렇지 않으면 그의 이름을 듣자마자 전화를 끊을 리가 없었다.

화수는 재빨리 장준호의 주소를 확인했다.

[대전광역시 대덕구 신탄진동 XXX—4번지.]

핸드폰에 주소를 메모한 화수는 곧장 신탄진으로 향했다.

*   *   *

밤 9시의 신탄진, 화수는 장준호의 자택 문을 두드렸다.

쿵쿵쿵!

"장준호 이사님!"

한 20년은 족히 되어 보이는 장준호의 자택은 그의 능력에 비해 상당히 작고 허름했다.

처음 장준호의 집을 찾아낸 화수는 이곳에 상무이사가 사는 곳이 맞는지 확인하고 또 확인했다.

그리고 결국 이곳이 그의 집이 맞다는 사실을 알았을 땐 속으로 기겁을 하지 않을 수 없었다.

세상에 그 어떤 회사가 중역을 이렇게 대한단 말인가?

화수는 만약 그를 다시 회사로 데리고 온다면 제대로 대우를 해주겠다고 마음먹었다.

그러나 장준호의 집에선 사람이 나올 생각을 하지 않았다.

쿵쿵쿵!

"계십니까?!"

자꾸 대문을 두드리는 화수에게 옆집에 사는 노인이 다가와 말했다.

"시끄러워서 잠을 잘 수 없군. 도대체 빈집은 왜 그렇게 연신 두드리는 건가?"

"빈집이요?"

노인은 살며시 까치발을 들어 집 안을 들여다봤다.

"원래 네 가족이 살았었는데 뿔뿔이 흩어졌다나 봐. 아버지는 어디로 갔는지 모르겠고 애들과 엄마는 친정으로 갔다나봐. 친정이 어디라고 했더라? 청주라고 했던가?"

멀쩡한 가족이 뿔뿔이 흩어지다니, 이 또한 미스터리다.

"빚이 많았나 보군요."

"아마도? 내가 지나가다 본 건데, 집안에 온통 빨간딱지가 붙어 있었어. 아마도 회사가 망하면서 받았던 지분을 처분하지 못해서 그랬다는 것 같더군."

회사가 망하면서 중역이었던 장준호는 해고가 되었고, 그가 가지고 있던 주식은 휴지조각이 되었을 것이다.

한마디로 그는 남은 것 하나 없이 탈탈 털리고 만 것이다.

"은행 빚은 그마나 어찌어찌 갚은 모양인데 사채와 지인들에게 빌린 돈이 문제였던 모양이야. 그래서 아이들과 엄마는 친정으로 가고 아버진 타지로 뜬 거지."

"으음, 그렇군요."

화수는 노인에게 담배를 한 보루 건네며 물었다.

"혹시 이 집의 가장이 어디로 갔는지 수소문할 수 있습니까?"

"험험! 이거 왜 이래? 자네도 빚쟁이라면 난 어쩌라고?"

그는 노인에게 명함을 한 장 건넸다.

"저는 장준호 이사님께서 다니시던 회사의 사장입니다. 새로 부임을 했지요. 지금 저희 회사엔 그가 꼭 필요합니다. 그래서 여기까지 찾아온 것이고요."

"으음, 그래?"

"만약 어르신께서 저를 도와주신다면 이 은혜는 절대로 잊지 않겠습니다."

간절한 화수의 부탁에 노인은 못 이기는 척 그의 말을 들어주었다.

"뭐, 그렇다면 어쩔 수 없지. 좋은 일로 찾아왔다는데 문전박대를 할 수는 없잖나?"

"감사합니다!"

노인은 어디론가 전화를 걸었다.

"어, 나야. 지금 통화 괜찮아? 잠깐이면 돼."

이윽고 노인은 화수의 사정을 설명한 후에 전화번호를 하나 받아냈다.

"이건 그가 사용하는 사서함이라는데, 메시지를 남겨봐. 아마 자네를 만나고 싶다면 먼저 전화를 걸 거야."

화수는 노인에게 90도로 고개를 숙였다.

"감사합니다! 정말 감사합니다!"

"허허, 감사하긴 뭘. 그냥 해야 할 일을 한 것뿐인데."

그는 곧장 장준호에게 남길 메시지를 녹음했다.

*　　　*　　　*

늦은 오후, 주식회사 이수로 한 허름한 차림의 사내가 찾아왔다.

벙거지모자에 다 낡아빠진 점퍼를 걸친 사내는 화수에게 명함을 한 장 건넸다.

"제가 바로 장준호입니다."

날카로운 눈매와 매끈한 턱선, 그리고 날렵한 몸매까지.

화수가 프로필에서 보았던 장준호의 모습이었다.

다만 얼굴이 너무나 수척해져서 잘못하면 못 알아볼 뻔했다는 것이 문제였다.

"많이 야위셨군요."

"도피 생활이 다 그렇지요. 너무 힘들어서 이젠 더 이상 버틸 힘도 없습니다."

화수는 그를 소파로 안내했다.

"누추하지만 일단 앉으시죠. 지금 다른 직원들은 모두 업무에 투입되어 당분간 이곳에 사람이 올 일은 없을 겁니다."

"감사합니다."

화수는 냉장고에서 차 대신 맥주를 꺼내어 그에게 건넸다.

"맥주 괜찮으시죠?"

"안 그래도 한 잔 간절히 생각나던 찰나였습니다."

"드시죠."

화수 역시 맥주를 한 캔 꺼내어 개봉했다.

꿀꺽, 꿀꺽!

두 사람은 대낮부터 캔맥주 한 병을 깔끔하게 비워낸 후, 다시 한 캔을 개봉했다.

술이 한 잔 들어가고 나니 장준호의 표정이 조금은 풀어지는 것 같았다.

"후우, 조금 낫군요."

"원래 속이 답답할 때엔 맥주만 한 것이 없지요."

그는 맥주를 다시 한 모금 머금더니 이내 입을 열었다.

"마영통운을 인수하셨다니, 이걸 축하라고 해야 할지 어떨지 모르겠군요."

"대충 정황은 파악했습니다. 회사가 가히 파탄 직전이더군요. 이러다간 제가 전 재산을 털어서 산 회사가 망하게 생겼습니다."

장준호는 고개를 가로저었다.

"그 회사는 이제 가망이 없습니다. 워낙 앞에서 개판을 쳐 놓아서 뒤에 남은 사람들이 어떻게 할 도리가 없어요. 아무리 상무이사가 사장이 아닌 직원이라고 해도 이렇게 가차없이 잘라낸 것을 보면 모르겠습니까? 제가 그 회사에 해준 것이 얼마인데."

"만약 제가 이 회사를 살리겠다면 도와주시겠습니까?"

"후후, 살린다라……. 아마도 불가능할 겁니다. 사람 여럿 잡은 회사이니 그냥 이쯤에서 적당한 값에 파시죠."

한때는 마영통운에 대한 애사심으로 가득 차 있었던 그의 시선은 이제 한없이 비뚤고 부정적으로 변해 버렸다.

"만약에 죽어 있던 사장님이 살아 돌아온다면 몰라도 지금 이 상황에선 회사를 살릴 수 있는 방안은 없습니다."

화수는 고개를 가로저었다.

"있습니다. 지금 당장은 어려워도 이사님께서 도와주신다 면 충분히 해낼 수 있습니다."

"…제가 뭘 어떻게 할 수 있겠습니까?"

"한때는 혼자서 싸워오셨다고 했습니까? 하지만 이젠 아닙 니다. 제가 있지 않습니까?"

"그렇지만……."

고개를 푹 숙인 장준호에게 화수가 희망을 불어넣었다.

"저는 마영통운으로 말레이시아를 비롯한 동남아 등지와 미국까지 진출할 생각입니다. 이제 그 기반을 막 다져가는 중이지요. 지금 이런 말도 안 되는 이유에서 제동이 걸릴 수는 없는 노릇입니다."

"하지만 말입니다. 지금 얼마 남지 않은 중역들이 회사를 좌지우지하는 상황에서 우리가 취할 수 있는 조치는 별로 없습니다. 기껏해야 그들을 쳐내는 정도가 되겠지요."

화수는 고개를 가로저었다.

"저는 놈들을 법원의 심판대에 세울 겁니다."

"불가능하다면요?"

"저에게 불가능이란 있을 수 없는 일입니다. 여기서 불가능을 논했다간 제가 쪽박을 차니까요."

장준호는 결연한 표정의 화수를 바라보더니 이내 남은 맥주를 모두 비워냈다.

꿀껵꿀껵!

"크흐! 좋습니다! 사장님을 따르도록 하지요!"

"정말이십니까?!"

"하지만 문제가 있습니다. 제가 워낙 진 빚이 많아서 말입니다."

"얼마나 되기에 그러십니까?"

"여기저기 진 빚이 한 2억 3천쯤 됩니다. 그나마 은행 빚은 다 갚아서 망정이지, 그렇지 않았으면 큰일 날 뻔했습니다."

"으음……."

화수는 일단 가장 빨리 일을 처리할 수 있는 방안을 제시했다.

"일단 제가 사장으로 취임하고 이사님께선 일이 끝날 때까지 제 뒤에 숨어계십시오."

"사장으로 취임해서 뭘 어쩌시게요?"

"이사님을 따르는 직원들로 그들을 몰아내고 제가 받아야 할 것들을 모두 받아낼 겁니다."

그가 고개를 끄덕였다.

"좋습니다. 그렇게 하시죠. 대신 집에는 말하지 않는 것으로 해주십시오. 불안해할 겁니다."

"물론이지요."

두 사람은 맥주를 한 캔 더 꺼내어 개봉했다.

"한 잔 더 하시죠."

"건배!"

조촐하지만 첫 만남의 건배를 나누는 두 사람이었다.

9장

수족을 되찾다

이른 아침의 마영통운, 오늘은 어쩐 일로 회사의 임직원들이 모두 상하차장으로 모여들었다.

하지만 오늘도 여전히 중요 직책에 있는 부사장과 전무이사는 모이지 않았다.

그나마 상무이사와 부장급 인사들만 자리를 지키고 있었다.

임직원들은 이곳에 모인 사람 중 가장 직급이 높은 전미영 상무에게 질문공세를 이어갔다.

"오늘 드디어 사장님이 취임하시는 겁니까?"

"그거야 모르지요."

"그런데 사람을 이렇게 많이 모아요?"

"그러게 말입니다."

사실, 이 사람들을 모두 모이게 한 사람은 사장이지만 그것을 수행한 것은 전미영 상무다.

그런 그녀가 모른다면 도대체 누가 안단 말인가?

원래 말이 없는 그녀인지라 그런 직원들의 의문은 그저 자신의 가슴속에 잘 갈무리했다.

이윽고 상하차장에 단상이 마련되었다.

그리고 그곳으로 총무부 신입사원인 정현우가 올라섰다.

"오늘은 사장님께서 취임하시기로 한 날입니다. 하지만 부득이하게도 단상에 오르시지 못하실 것 같습니다. 그래서 저에게 메시지를 남기셨습니다."

정현우는 모든 임직원에게 회사 매각증서에 찍었던 인감과 같은 인감이 찍힌 편지를 보여줬다.

"이것이 바로 사장님께서 남기신 전언입니다."

이제야 좀 밀린 월급을 받나 싶었던 임직원들의 얼굴에 급격히 그림자가 드리웠다.

하지만 그런 와중에도 전미영은 아무런 동요가 없었다.

"사장님께선 빼앗기신 우리 회사의 본사 건물들을 되찾아오시겠다고 선언하셨습니다."

임직원들이 고개를 갸웃거렸다.

"이건 또 무슨 뚱딴지같은 소리야?"

"그러게?"

아직까지 사장의 전언을 전해 듣지 못한 전미영 역시 조금은 동조하는 모습이다.

이윽고 화수가 말을 이었다.

"아시다시피 회사가 가지고 있던 대부분의 재산은 실소유주만 다른 명의신탁 상태에 있었습니다. 사장님께선 그 명의신탁을 바로잡기 위해 고군분투 중이십니다. 그러니 임직원 여러분도 맡은 바 소임을 다 해달라고 하셨습니다."

임직원은들은 사장의 의견에 다소 회의적인 반응을 보였다.

"쉽지 않을 것 같은데……."

명의신탁을 주었다고 해도 실소주유가 반환하지 않고 버틴다면 법정싸움으로 갈 수밖에 없다.

또한 임직원들은 실소유주가 누구인지 잘 알고 있었다.

그는 대전에서 유지 소리를 듣는 사람으로, 건달로 회사까지 일군 주먹이다.

그런 사람에게 회사를 되찾기란 쉽지 않을 것이다.

"아무튼 사장님의 전언은 여기까지입니다. 그럼……."

강화수는 단상에서 내려왔고, 임직원들은 웅성거리기 시작했다.

*　　　*　　　*

대전 용산동에 위치한 골프 연습장, 이곳은 마영통운의 부사장 김세명이 VIP회원으로 등록되어 있는 곳이다.

김세명은 제법 안정된 자세로 골프공을 날렸다.

휘익, 타악!

"부사장님, 나이스 샷!"

김세명의 곁에 선 임철산 부장은 연신 손바닥을 비비며 그에게 아첨하고 있었다.

김세명은 우쭐해서 어깨를 으쓱였다.

"뭐, 내가 스윙은 좀 하지."

"맞습니다! 부사장님 정도면 최소한 프로데뷔는 해야 할 텐데 말입니다."

"하하하! 프로는 무슨, 이 실력으론 아마추어도 힘들지."

"아닙니다! 제 주변에서 이만큼 치는 사람은 없습니다. 골프 강사도 부사장님보단 못 치지요."

"하하하하! 그런가?"

사실, 필드에 나가면 보기(Bogey)나 더블보기, 혹은 아예 리타이어로 게임에서 낙오되는 그에게 아마추어라는 수식어도 언감생심이다.

그럼에도 불구하고 이렇게 아부를 하는 것을 보면 임철산의 비위도 참으로 좋다고 할 수 있다.

그리고 그 아첨을 있는 그대로 받아들이는 김세명 또한 그다지 정상적인 사고를 가지고 있다고 볼 수는 없을 듯하다.

다음 샷을 준비하던 김세명에게 임철산이 조금 주춤거리는 투로 말을 걸었다.

"저기, 부사장님?"

"무슨 일이지?"

"소식 들으셨습니까?"

"소식?"

"오늘 아침에 사장이라는 작자가 임직원들을 모아놓고 건물을 되찾겠다고 선언했답니다."

골프공을 치려던 김세명이 고개를 돌려 임철산을 바라봤다.

"그런 일이 있었던가?"

"예, 그렇습니다. 새로 온 사장이라는 작자의 머리가 가히 정상은 아닌 것 같더군요."

"그렇긴 한 것 같군."

"웃긴 놈 아닙니까? 얼굴도 제대로 안 비추면서 무슨 사장 노릇을 한다는 것인지 모르겠습니다."

김세명은 다시 자세를 다잡고 공을 쳐냈다.

휘익, 타악!

이번 샷은 누가 보아도 장타에 안정적으로 표적에 들어간 것으로 보였다.

"와우, 나이스 샷!"

"하하! 내가 좀 하지?"

"물론이지요!"

기분이 좋아진 김세명이 웃으며 말했다.

"우리는 그냥 굿이나 보고 떡이나 먹으면 그만인 것이야. 지금까지 우리가 챙긴 돈이 얼마야? 이 정도면 회사를 하나 더 차려도 될 정도지. 안 그래?"

"하긴, 그렇긴 하지요."

다시 공을 꺼낸 김세명이 임철산의 어깨에 손을 올렸다.

"내가 회사를 차리면 전무이사쯤 앉을 생각 있나?"

임철산이 목이 떨어져라 고개를 숙였다.

"무, 물론이지요! 저를 거두어만 주신다면 목숨을 다 해서 충성하겠습니다!"

"하하, 그래야지. 자네가 나를 따르지 않으면 누구를 따르겠어?"

"맞습니다! 두말하면 입 아프지요!"

김세명은 다시 한 번 장타를 날리곤 곧바로 전화기를 들었다.

"이정용 사장에게 전화를 걸게."

"예, 알겠습니다."

그에게서 전화를 건네받은 임철산이 이정용에게 전화를 걸었다. 이윽고 임철산이 김세명에게 전화를 되돌려 주었다.

—예, 이정용입니다.

"안녕하십니까? 김세명입니다."

이정용은 아주 반갑게 전화를 받았다.

―아, 예! 잘 지내셨습니까?

"물론이지요. 요즘 사업은 어떠십니까?"

―저야 뭐, 항상 그렇지요. 아주 죽지 못해 삽니다.

"에이, 대전에 있는 돈은 이사장님께서 다 주워 담는 것 모르는 사람이 없는데 무슨 그런 말씀을 하십니까?"

―하하! 아닙니다. 저도 요즘 불경기 타는 바람에 장사가 안 돼서 아주 죽겠습니다.

"사장님이 죽는 소리 하시면 저는 어떻게 합니까? 혀 깨물고 죽을까요?"

―어이쿠, 그런 소리 마십시오. 부사장님께서 돌아가시면 저는 어쩝니까?

"아하하! 그런가요?"

꽤나 길게 서로에게 대놓고 낯간지러운 아첨을 해댄 두 사람은 그제야 본론에 들어갔다.

―그나저나 이 시간엔 어쩐 일이십니까?

"우리 회사에 사장이 새로 취임했다고 하더군요."

순간, 이정용이 폭소를 터뜨렸다.

―하하하하! 그 회사에 들어오겠다는 멍청이가 아직도 있습니까?

"그러게 말입니다. 그런데 웃긴 것은 명의신탁이라는 꼬투

리로 건물을 되찾겠다고 했다고 선언했답니다."

—미친놈이군요. 정말로 그런 소리를 했답니까?

"아침에 임직원을 죄다 모아놓고 그런 소리를 했다고 하더군요."

이정용은 이 소식을 아주 대수롭지 않게 넘겼다.

—그냥 미친놈이려니 하고 넘기십시오. 그런 놈까지 신경 쓸 겨를이 어디에 있습니까? 지금의 삶을 즐기기에도 모자랄 판에.

"하긴, 그렇지요?"

—걱정 마시고 새롭게 차릴 회사에 대한 구상이나 잘하십시오. 만약 놈이 허튼수작을 부린다면 제가 알아서 처리하겠습니다.

"하하, 그래도 되겠습니까?"

—물론이지요. 그런 피라미쯤 한주먹거리도 안 됩니다.

"그럼 사장님만 믿겠습니다."

—그러시지요. 언제 저희 업소에 한번 오시죠. 풀코스로 모시겠습니다.

"하하! 그럴까요?"

—시간 나실 때 전화 한 통 주십시오. 최고로 모시겠습니다. 물론, 주대는 제가 부담하겠습니다.

"하하하! 좋지요!"

유흥이라면 아주 자다가도 벌떡 일어나는 김세명이다.

그런 그에게 유성의 주점은 천국 그 이상을 보여주는 아주 제대로 된 오아시스였다.

안 그래도 업소에서 그의 얼굴을 모르면 간첩이라는 소리를 들을 정도로 뻔질나게 업소를 드나들지만, 공짜라면 또 사족을 못 쓰는 김세명인지라 금세 미소를 지었다.

"이번 주 주말에 한 번 들르겠습니다."

―알겠습니다. 저도 주말엔 시간을 비워놓겠습니다.

"예, 그럼……."

전화를 끊은 김세명이 아까보다 훨씬 더 기분 좋아진 얼굴로 골프 연습에 집중했다.

그런 김세명의 곁에 선 임철만이 또다시 박수를 치며 그의 샷에 호응했다.

부웅, 타악!

"와우! 부사장님, 나이스 샷!"

그 모습이 꼭 주인 곁에 선 개를 보는 것 같았다.

김세명은 그런 임철만의 어깨를 살며시 두드려 주었다.

*   *   *

대전 월평동에 위치한 포장마차, 화수와 장준호가 술잔을 주고받았다.

산낙지에 소주를 곁들여 먹는 그들의 얼굴엔 어쩐지 모를 씁쓸함이 묻어 있었다.

장준호는 지금까지 자신에게 있었던 일을 화수에게 모두 털어놓는 중이었다.

"제가 2004년에 입사해서 상무가 될 때까지 수많은 위기가 있었습니다. 저는 그때마다 아주 죽어라 일만 했지요. 회사 하나만 바라보고 불철주야로 일했습니다."

"세우신 공적을 보니 아주 대단하더군요."

"후후, 사람들에게 인정받으려고 일한 것은 아니었습니다. 그냥 제가 초창기에 입사했던 회사라서 애사심을 가지고 일했을 뿐이지요."

"아직도 그 애사심이 남아 있습니까?"

"물론입니다. 마영통운은 제 전부였으니까요. 하지만 그때를 생각하면 아직도 부아가 치밉니다."

"그때요?"

"제가 회사를 그만두었을 때 말입니다."

그는 손을 부르르 떨며 얘기를 이어나갔다.

"어느 날, 사장님께서 회사를 나가시고 새로운 사장이 취임했다는 소식을 들었었지요. 그땐 조금 서운할 뿐이었지만, 그게 우리 회사를 이 지경으로 만드는 계기가 될 줄은 꿈에도 몰랐습니다."

장준호는 한 잔 술로 텁텁한 입을 씻어냈다.

꿀꺽!

"후우, 좀 낫군요."

"한 잔 더 받으시죠."

화수는 다시 그의 잔을 채워주었고, 그는 한 잔 더 술을 비워낸 후에 말을 이어나갔다.

"그놈은 정말 인간도 아니었습니다. 회사에서 빼먹을 수 있는 돈은 다 빼먹고 무차별적으로 증자를 했지요. 거기에 이중장부는 기본이고 분식회계까지 스스럼없이 자행했지요. 아마 자신이 일군 회사라면 그렇게 하진 못했을 겁니다."

차를 떠는 장준호에게 화수는 이해할 수 없다는 듯이 물었다.

"이렇게 내실 좋은 회사를 왜 굳이 깡통으로 만들어 팔았을까요?"

"듣자 하니 사장님이 도박 빚을 좀 많이 졌었다고 합니다. 그래서 집, 차, 전답 다 날리고 회사까지 빼앗긴 것이라고 하더군요. 수많은 빚쟁이 중에서도 제일 악독한 놈이 바로 2대 사장이었는데, 그는 애초에 자신이 받을 돈만 받으면 그만인 사람이었습니다. 또한 그놈 역시 도박판에 진 빚이 많아서 더 이상 한국에 머물 수 없는 처지였지요. 그래서 크게 한탕 하고 외국으로 튄 겁니다."

"이런 개새끼를 보았나……."

"그래요, 그 새끼는 진짜 개새끼 중에서도 상개새끼입니다."

장준호는 그 이후에 벌어진 일에 대해서 말할 때는 더욱더 많은 술을 찾았다.

화수는 그때마다 즉각적으로 술잔을 채워주었다.

"그나마 그 개새끼가 있을 땐 좀 나은 편이었습니다. 회사가 깡통이 되어 외국계열 회사에 팔려 나갔는데, 그땐 외국계 회사가 폭탄돌리기에 걸려든 것을 알고 아주 눈이 뒤집혀 버렸었지요. 그래서 아주 제대로 마음먹고 회사를 탈탈 털어먹었습니다. 그때 회사의 건물이 넘어가게 된 겁니다."

"도박 때문에 회사가 아주 풍비박산이 나버렸군요."

"그렇습니다. 따지고 보면 도박 때문에 벌어진 일이지만, 회사를 버린 사장이 제일 나빴지요."

"이미 사라진 사람, 어쩌겠습니까?"

"후우, 그러게 말입니다."

화수는 왜 법적인 절차를 밟지 않았는지 궁금해질 수밖에 없었다.

"고소는 안 하셨습니까?"

"이미 폭탄돌리기를 하는 동안 뒤로 돈을 챙기고 있었던 부사장과 전무이사가 놈들과 한통속인데 고소가 가당키나 했겠습니까? 아주 신이 나서 그들을 밀어주기까지 했는걸요."

"…완전 미친놈들이네."

"네, 완전 미친놈들이지요. 자기들 밥그릇 챙기자고 나머지 임직원들은 아예 나 몰라라 했으니까요."

그는 부사장과 전무이사를 생각하자, 치가 떨리는 모양이었다.

"할 수만 있다면 총으로 확 쏴 죽이고 싶습니다. 그 이정용이라는 놈과 손잡고 회사를 본격적으로 털어먹고도 모자라서 제 가족을 납치까지 했으니까요."

"나, 납치요?!"

장준호가 한숨을 푹 내쉬었다.

"제가 왜 순순히 회사를 나왔겠습니까? 놈이 가족을 죽인다고 협박을 해대니 그랬지요."

"그럼 지금 도피생활을 하는 것도……."

"빚 때문이기도 하지만 가장 중요한 것은 놈들이 우리 가족을 노리고 있기 때문이었지요. 그나마 처남이 경찰이 아니었다면 가족도 저와 같은 처지가 되었을 겁니다."

"사태가 조금 심각하군요."

그는 고개를 가로저었다.

"그래서 제가 말씀드리지 않았습니까? 일이 쉽지 않을 것이라고요."

"으음, 그러니까 그놈만 없으면 일이 조금은 쉽게 풀릴 것이라는 말이지요?"

"건물의 실소유주가 저렇게 버티고 있으니 당연히 일이 안 풀리는 것이지요. 하지만 그런 무지막지한 놈을 어떻게 처리합니까?"

화수는 슬그머니 입꼬리를 올렸다.

"그쪽으로 전문가가 있습니다. 그러니 걱정하지 마십시오."

"전문가요?"

"그런 사람이 있습니다."

그는 의미심장한 미소를 지었다.

*　　　*　　　*

늦은 밤, 유성의 한 룸살롱에서 거나하게 술에 취한 이정용이 비틀거리며 지상으로 나왔다.

"딸꾹! 2차 가자, 2차!"

"호호호! 오빠! 많이 취한 것 같은데?"

"어허! 괜찮아! 오빠 아직 안 죽었다!"

그는 자신의 곁에 선 술집 아가씨의 가슴을 떡 주무르듯이 주물렀다.

"아잉, 오빠 왜 이래? 사람들이 보잖아?"

앙탈을 부리는 그녀의 볼을 양손으로 잡은 이정용이 푼수처럼 웃었다.

"으하하! 보라고 그래! 나 이정용이야!"

"하긴, 우리 오빠가 이 거리에선 좀 짱이지."

"알면 어떻게 해야겠어?"

"당연히 최고로 모셔야지!"

아주 쿵짝이 잘도 맞는 하루짜리 원나잇 커플에게 웬 사내가 다가왔다.

그리곤 이정용의 어깨를 자신의 어깨로 거세게 치고 지나갔다.

퍼억!

"어억!"

잘못해서 넘어질 뻔한 두 사람이 사내에게 소리쳤다.

"이봐요! 사람이 넘어질 뻔했잖아요!"

"저런 개새끼를 보았나? 어이!"

바로 그때였다.

사내가 주머니에서 칼을 꺼내더니 이정용의 허벅지를 찔렀다.

푸욱!

"크아아악!"

"꺄아아아악!"

순식간에 주변은 이정용의 피로 물들어 버렸고, 업소 아가씨는 부들거리는 다리를 주체하지 못하고 그 자리에 주저앉아 버렸다.

사내는 허벅지를 뚫고 들어간 칼을 다시 뽑아내더니, 이내 손가락을 상처 부위로 쑤셔 넣었다.

"으악, 으아아아악!"

고통에 찬 비명을 지르는 그에게 사내가 나지막이 말했다.

"쉿. 조용히 하지 않으면 아주 모가지를 비틀어 버리겠어."

"뭐, 뭐?! 이런 미친 새끼가?! 내가 누구인 줄 알고 이 짓거리를 하는 거냐?!"

"너? 당연히 알지. 내일 아침이면 살려달라고 빌고 또 빌 새끼라는 것."

사내는 뭉뚝하게 생긴 몽둥이로 그의 머리를 후려쳤다.

퍼억!

이윽고 그는 정신을 잃었고, 공포로 물든 그녀는 그저 몸을 덜덜 떨 뿐이었다.

사내는 그녀의 얼굴을 바라보며 말했다.

"쉿. 입 다물지 않으면 너도 죽는 거다."

"사, 살려만 주세요!"

"네가 하는 것 봐서."

"저, 저는 오늘 아무것도 안 본 것으로 할게요! 그러니……."

"알아. 당연히 그래야지. 내가 네 얼굴을 본 것을 알 테니 허튼짓은 하지 않겠지. 그렇지?"

"무, 물론이죠!"

그녀에게 한차례 경고한 그는 어디론가 전화를 걸었다.

"작업 끝났다. 차 가지고 오면 돼."

그의 전화를 받은 또 다른 사내가 검은색 승합차를 가지고 왔다.

이내 문을 연 그는 이정용을 짐칸에 구겨 넣듯 실은 후 길을 나섰다.

＊　　　＊　　　＊

강원도에 위치한 깊은 산골짜기.

째앵!

"으음……."

수십 갈래로 갈라진 나뭇잎 사이로 산산이 부서져 내리는 햇빛에 눈을 뜬 이정용은 자신의 앞에 펼쳐진 광경을 바라보며 고개를 갸웃거렸다.

"여, 여긴 또 어디야?

그는 분명 괴한에게 허벅지를 찔리고 머리를 얻어맞은 것까지 기억한다.

하지만 그 이후엔 깔끔하게 기억이 없다.

이윽고 자리에서 일어서려 몸을 움직이던 그에게 두 명의 사내가 다가왔다.

"일어났냐?"

"이, 이런 개새끼들……! 네놈들이 나를 이곳으로 데리고 왔냐?!"

"그래, 그렇다. 어쩔래?"

이국적인 외모에 훤칠한 키, 상당히 준수한 외모의 그는 쾌남소리를 들을 정도로 빼어난 미모의 소유자였다.

하지만 그의 행실은 그와 정반대였다.

"일어났으면 다시 자야지?"

"뭐?"

퍼억!

그의 발이 이정용의 머리를 후려 찼다.

"으헉⋯⋯."

다시 정신을 잃은 그는 한참이나 그 자리에 잠들어 있을 수밖에 없었다.

잠시 후, 다시 눈을 뜬 이정용은 자신의 손과 발이 모두 묶여 있다는 사실을 깨달았다.

그리고 자신의 바로 앞에서 누군가 삽질을 하고 있는 광경을 목격했다.

퍽퍽퍽!

"삽이 잘 안 들어가는 것이 묻으면 아예 꼼짝도 못 하겠는데?"

"그러게 말이야."

순간, 이정용은 이 광경을 어디서 많이 보았다고 생각했다.

'나, 나를 묻으려는 건가?!'

불혹이 넘도록 조직 생활을 해온 그가 사람 묻는 광경을 한두 번 보았겠는가?

그는 지금 이 시간이 지나면 자신이 살아남을 수 없을 것임을 직감했다.

'이런 씨발!'

재빨리 몸을 꿈틀거려 현장을 빠져나가려던 그의 감각에 뭔가 팽팽한 것이 느껴졌다.

딸랑!

그의 몸에 묶인 낚싯줄이 나무 위에 매달려 있던 방울을 움직인 것이다.

"헛!"

이윽고 두 청년이 그에게로 고개를 돌렸다.

"어라? 벌써 일어났나? 아직 땅을 다 못 팠는데?"

"이, 이런 미친 새끼들! 도, 도대체 나에게 왜 이러는 거야?!"

"그거야 땅에 묻히면서 천천히 들으라고."

"뭐, 뭣이라?!"

퍼억!

"크억⋯⋯."

그는 청년 둘이 휘두른 삽에 머리를 맞고 또다시 기절해 버렸다.

＊　　　＊　　　＊

이정용이 다시 눈을 떴을 땐 머리만 제외하고 신체의 모든 부위가 땅에 묻힌 후였다.

눈을 뜬 그에게 리처드와 루이드가 물었다.

"어때? 아늑하지?"

"땅을 파는데 꽤나 고생했다고."

"이, 이런 미친!"

루이드는 리처드가 들고 있는 페인트 통에서 붓을 꺼내어 그 내용물을 이정용의 얼굴에 정성스럽게 퍼 발랐다.

"이게 뭔 줄 알아? 지리산에서 직접 가지고 온 자연산 벌꿀이야. 몸에도 좋아."

리처드는 그의 머리에 남은 벌꿀을 조금씩 부으며 말했다.

"어때? 이렇게 대가리 내어놓고 한 삼 일 있으면… 좋겠지? 그치?"

"이, 이런 미친 새끼들을 보았나?!"

두 사람은 끝까지 악을 지르는 그를 두고 산을 내려갈 차비를 차렸다.

"하여간 앞으로 비는 며칠 동안 안 온다니까 안심이지. 내려갈까?"

"그러지 뭐."

"요 밑에 탁주를 팔던데, 그거나 한 잔 마시고 갈까?"

"좋지."

사람을 묻어놓고 저렇게 태연할 수 있다니, 자신을 꽤나 악질이라고 생각했던 이정용은 혀를 내둘렀다.

"저런 개 악질 새끼들을 보았나?! 사람 살려!"

"살고 싶어?"

"그럼 죽고 싶겠냐?!"

"쯧쯧, 아직 약이 덜 빠졌어, 형님이 이놈이 저절로 존대를 쓰게끔 만들라고 하셨잖아?"

"하긴, 그렇지."

두 사람은 정말로 짐을 챙겨 산을 내려갔다.

"잘 있어라. 삼 일 후에 보자."

"뭐, 뭐라?! 자, 잠깐만!"

"안녕."

차를 타고 내려가 버린 두 사람을 바라보며 이정용이 악에 받쳐 소리쳤다.

"이런 개새끼들! 잡히면 죽여 버릴 줄 알아라!"

―……알아라…….

그의 외마디 비명이 산에 메아리쳤다.

*   *   *

삼 일 후, 리처드와 루이드는 이정용을 묻은 자리를 다시 찾았다.

위이잉…….

벌과 개미들이 판을 치고 있었다.

"많이도 모였군."

치이이익!

살충제를 뿌려서 개미와 벌들을 물리친 리처드는 초주검이 되어버린 이정용의 얼굴에 물을 뿌렸다.

촤락!

"어, 어푸!"

그제야 잠에서 깨어난 이정용이 눈물을 쥐어 짜냈다.

"흑흑! 제, 제발 좀 살려주세요!"

개미와 벌이 물어뜯어 얼굴의 이곳저곳엔 울긋불긋한 반점들이 가득했고, 한쪽 눈은 도대체 뭐에 물렸는지 실핏줄이 다 터져서 핏물이 흐르고 있었다.

그야말로 시체 꼴이 되어버린 그를 바라보며 리처드가 실소를 흘렸다.

"큭큭, 이 새끼 꼬락서니 좀 보게. 아주 난리도 아닌데?"

"크크크! 그러게?"

이정용은 측은지심은커녕 손가락질을 해대며 웃는 두 사람에게 다시 한 번 눈물을 짜내며 빌었다.

"사, 살려만 주십시오! 무슨 짓이든 다 하겠습니다!"

"아직 안 죽었는데?"

"이, 이건 살아도 산 것이 아닙니다!"

"에이, 그런 것이 어디 있어? 사람이 살면 산 거고 죽으면 죽은 거지."

루이드는 산비탈 아래에서 사 가지고 온 호박죽을 물을 탔다.

그리고 그 안에 빨대를 꽂아서 그가 죽을 빨아 마실 수 있도록 했다.

"자, 마셔."

"사, 살려주세요!"

"…마시라고."

"네, 네!"

마시지 않으면 더 한 짓을 할 것 같기도 하고, 배고 고팠던 그는 단숨에 호박죽을 들이켰다.

꿀꺽, 꿀꺽!

"크, 크하……."

"어때? 배가 좀 차?"

"네, 네! 그렇긴 한데……."

"이 정도면 한 삼 일 더 버틸 수 있겠지?"

"예?!"

두 사람은 새롭게 공수한 꿀을 다시 그의 얼굴에 바르기 시작했다.

"난 이제 지쳤어요, 땡벌!"

겠어."

"네, 알겠습니다."

무려 일주일 동안 땅에 묻혀 있었던 이정용이 드디어 세상의 빛을 봤다.

"흑흑, 감사합니다……!"

네 사람은 차를 타고 근처 병원으로 향했다.

10장

사건을 해결할 실마리

    강원도 영월의 한 피부과 병원, 의사는 만신창이가 된 이정
용을 바라보며 경악에 차서 물었다.

    "도, 도대체 어디서 뭘 어떻게 했기에 얼굴이 이 지경이 된
겁니까?!"

    "벌꿀을 얼굴에 엎어놓고 전신골절을 입었답니다. 몸을 못
움직이니 벌레가 물어뜯어도 반항할 수가 없었던 것이지요."

    "…그런 말도 안 되는 일이 다 있나?"

    "세상은 요지경 아닙니까?"

    의사가 이정용에게 사실 여부를 확인했다.

    "정말입니까?"

"감사합니다, 사랑합니다, 형님. 아니, 선생님. 아니지, 사장님?"

자꾸 헛소리를 해대는 꼴을 보니 정말 벌레에게 물린 것이 맞긴 맞는 모양인데, 왜 저렇게 된 것인지 의사는 의구심이 들었다.

"으음……. 아무튼 벌레에 물린 것은 확실하군요."

"낫겠습니까?"

"좀 가렵긴 하겠지만 얼굴에 보호대를 하고 약만 꾸준히 발라주면 일주일 안에 회복될 겁니다. 그동안 자극적인 화학 제품으로 얼굴을 닦으면 안 됩니다."

"그렇게 하지요."

화수는 의사에게서 진료를 받고 병원을 나서는 동안, 이정용에게 건물의 실소유를 포기하는 각서를 작성할 것을 명령했다.

"대전으로 내려가자마자 인감을 가지고 각서를 작성해라. 그리고 다시는 문제를 일으키지 않겠다고 맹세해."

"알겠습니다! 선생님, 아니지, 형님. 아니지?"

헛소리를 지껄이긴 하지만 분명 화수에게 충성을 맹세하는 것은 확실해 보였다.

화수는 그를 데리고 대전으로 향했다.

*　　　*　　　*

대전에 도착한 화수는 두 동생에게 이정용의 문제를 해결하게 해놓고 남은 두 역적을 처리하기 위해 자료를 수집했다.

지금 회사에선 무지막지하게 돈이 새고 있지만 그 증거를 확실히 잡아내기가 힘들었다.

전무이사인 김동훈이 자금줄과 장부를 관리하고 있는데, 그 장부가 그의 집에 보관되고 있기 때문이었다.

이중장부를 사용하는 김동훈의 회계 체계는 진짜 장부가 없으면 비리를 잡아내기 힘든 구조로 되어 있다.

고로, 그의 진짜 장부가 있어야 일을 마무리할 수 있다는 소리다.

늦은 밤, 화수는 얼굴에 복면을 쓰고 김동훈의 자택에 잠입하기로 했다.

부자들만 산다는 대전 최고의 주상복합 아파트에 거주하고 있는 김동훈이기에 잠입이 쉽지는 않을 것이다.

그래서 그는 마도학을 조금 이용하기로 했다.

그는 자동차 배터리 열 개를 이은 전선에 주먹만 한 마나코어를 연결했다.

전기 자극을 받으면 스파크를 형성하는 마나코어에 필요 이상의 자극을 주면 마나가 폭발한다.

만약 적정량의 10배를 초과하게 되면 주변에 전기펄스를 형성하게 된다.

그러니까, 군사작전에서나 사용되는 EMP(Electromagnetic pulse bomb)효과를 보게 되는 것이다.

EMP탄이 터지게 되면 전자펄스의 영향을 받는 전자기기는 일시적, 또는 영구적으로 파괴된다.

그렇기 때문에 EMP탄이 터진 곳에는 불빛이 없는 암흑천지에 자동차는 움직이지도 않는다.

화수는 마도학 장비를 제외한 모든 장비를 멀찌감치 떨어뜨려 놓은 차에 모두 넣어놓았다.

그리고 자신은 마도학으로만 작동하는 손전등과 전자수첩만 가지고 마나 EMP탄을 터뜨렸다.

타악, 치익!

콰앙!

마나코어에 전기를 주입하자마자 주변으로 푸른색 자기장이 빠르게 퍼져 나간다.

치지직…….

순간, 반경 5㎞ 안에 위치한 모든 전자기기가 먹통으로 변해 버렸다.

그야말로 한 치 앞도 보이지 않는 암흑으로 변해 버린 주상복합아파트의 이곳저곳에서 비명 소리가 들려왔다.

"꺄아아악!"

혼비백산. 사람들은 우왕좌왕하며 갈 곳을 잃었고, 화수는 그 안에 섞여 아파트 안으로 잠입했다.

경비원들은 난리가 난 사람들을 이끌고 비상대피소로 향하고 있었기에 아파트 안을 지키는 사람은 아무도 없었다.

그렇다는 것은 화수가 그 어떤 짓을 벌여도 상관이 없다는 뜻이다.

화수가 마나전지로 움직이는 디지털시계를 바라봤다.

[11:30]

"한적하겠군."

돌아가는 길에 경찰과 마주치지 않기 위해선 차로가 한적해야 한다.

그래서 그는 일부로 자정이 가까운 시간을 선택했던 것이다.

전자기기가 먹통이니 경찰과 한국전력공사가 오려면 한참이나 걸릴 것이다.

화수는 아주 여유롭게 18층에 위치한 김동훈 전무의 집으로 향했다.

철컥.

전자기기가 먹통이 되었으니 당연히 문을 열어도 비상벨이 울릴 리가 없다.

그는 50평 규모의 김동훈 자택을 거닐며 잠시 그 풍경을 감상했다.

"이 새끼 이거, 완전 개새끼네. 회사는 다 망해 가는데 정작 본인은 호의호식하고 있었군."

횡령죄가 성립되면 아예 빛을 못 보도록 매장시켜 버리겠다고 굳게 다짐하는 화수다.

듣기론 김동훈은 평소에 자신의 공간을 형성하는 것을 좋아해서 서재에 모든 물건을 보관한다고 했다.

화수는 서재로 보이는 방으로 들어가 창고가 있는지 확인해 본다.

역 10평 남짓한 공간에는 넓은 서고와 커다란 책상이 하나 놓아져 있었는데, 창고를 놓을 만한 곳은 없어 보였다.

"으음… 이곳이 아닌가?"

분명 장준호 상무는 이곳에 금고가 있을 것이라고 말했다.

화수는 조금 더 상상력을 발휘하기로 했다.

"나 같으면 금고를 서고 뒤에 숨겨놓을 것 같은데?"

그는 서고에 있는 책을 모조리 바닥으로 쏟아내기 시작했다.

촤라라락!

엄청난 양의 책을 구분도 없이 내팽겨 치던 화수는 어느 한 지점에서 멈추어 섰다.

"후후, 럭키!"

그는 드디어 금고가 있는 곳을 발견한 것이다.

전자시스템으로 된 금고는 당연히 잠금장치를 풀어도 경보가 울리지 않을 것이며, 혹시라도 블랙박스가 들어 있어도 전기 자체를 사용할 수 없으니 녹화가 될 리 없다.

화수는 손가락에 마나를 집중시켰다.

스스스스······!

그리고 불꽃을 아주 얇은 줄기로 만들어내 그 끝의 온도를
1천 도까지 올렸다.

슈가가가각!

파이어볼의 뜨거운 화염이 농축되어 임시 산소 용접기를
만들어낸 것이다.

화수는 그것으로 금고를 분해하기 시작했다.

치지지지지직!

불꽃이 사방으로 튀고, 금고는 조금씩 진동했다.

"조금 뜨겁군."

매일 하는 것이 용접이지만 아무래도 1천 도의 불꽃은 뜨
겁게 마련이다.

최대한 빨리 작업을 끝낸 화수는 재빨리 금고 뚜껑을 바닥
에 내려놓았다.

"후우, 두 번은 못하겠군."

이내 금고 문을 연 화수는 이곳에 이중장부가 존재하는지
살펴봤다.

화수는 각종 문서가 즐비한 금고에서 빨간색 표지의 장부
를 발견했다.

그리고 그 내용을 살펴본 화수는 슬그머니 미소를 지었다.

"찾았다······."

이윽고 화수는 금고에 있는 물건을 모두 챙겨 아파트를 나섰다.

*　　　*　　　*

이른 새벽, 김세명은 김동훈의 전화를 받고 잠에서 깼다.

―지금 잘 때가 아닙니다! 장부가 모두 털렸어요!

"…뭐가 어쨌다고?"

―장부요! 잘못하면 우리가 감옥에 가게 생겼단 말입니다!

순간, 김세명이 자리에서 벌떡 일어섰다.

"뭐, 뭐라고?! 뭐가 없어져?!"

―못 들었습니까?! 장부가 다 털렸다고요!

"이, 이런 말도 안 되는 경우가 다 있나?! 어쩌다가?!"

―오늘 아파트 근방 5㎞에서 EMP테러가 있었다고 합니다. 그래서 집이 암흑천지였어요. 그때 털린 것 같습니다.

"뭐, 뭐가 터졌다고? EMP?"

"예, 그렇습니다.

김세명은 실소를 흘렸다.

"하하, 자네 지금 나와 장난치는 거지?"

―장난이요?! 지금 그런 소리가 나옵니까?! 제가 미쳤다고 이 장부를 가지고 새벽에 장난을 치겠습니까?!

"하긴, 그렇긴 하지만……."

―이젠 어쩝니까?! 이정용은 아예 연락도 안 되고!

"이정용이 잠수를 탔어?"

―아주 제대로 연락이 두절되었습니다! 이 새끼, 이거 도대체 뭐하는 새끼인지…….

"그럴 리가……."

그는 집전화로 이정용에게 전화를 걸어봤다.

[고객님의 전화기가 꺼져 있어 소리샘으로…….]

정말로 그가 전화를 받지 않았다.

"…이상한데?"

―그러게 말입니다. 일단 만나시죠. 만나서 얘기합시다.

"그러지. 내가 그쪽으로 가지."

―예, 알겠습니다. 궁동으로 오십시오. 거기에서 술을 마시고 있습니다.

"알겠어."

그는 궁동에 위치한 술집으로 향했다.

*   *   *

궁동에 위치한 모던바 '연잎'에 모인 두 사람은 프라이빗 룸을 대절했다.

"여기에 술을 넣어주고 아무도 들어오지 못하게 해줘."

바텐더는 깊이 고개를 숙였다.

"예, 알겠습니다."

이곳은 두 사람이 자주 다니는 술집으로, 외도나 작당모의를 할 때 주로 이용했다.

사장과도 꽤나 친한 편이고 바텐더와도 안면이 있었다.

그러니 이곳에서 작당모의를 해도 한 번도 그 얘기가 새어 나가지 않았던 것이다.

두 사람은 술이 나오자마자 일단 한 잔 마셨다.

꿀꺽!

"크흐! 이제 좀 진정이 되는군요."

"자아, 이제 한번 자세히 말해봐. 뭐가 어떻게 되었다고?"

그는 안주를 마실 새도 없이 다시 술을 한 모금 머금고 얘기를 이어나갔다.

"그게 말입니다. 오늘 제가 가족들과 외식을 마치고 와보니 집이 아주 난장판이었던 겁니다. 그런데 서고 뒤에 숨겨놓았던 금고가 아주 탈탈 털렸습니다. 그곳에 지금까지 제가 모아두었던 비밀장부가 다 있는데 말입니다."

"우리가 만든 이중장부까지 모두?"

"예, 그렇습니다. 제가 다른 장부와 헷갈릴까 봐 중간중간에 제 도장까지 찍어두었는데 말입니다."

"뭐?! 이중장부에 도장을 찍었어?"

"장부가 한두 개여야지요. 부사장님이 만든 것도 있고 회사에서 만든 것도 있지 않습니까? 그래서 도장을 찍어두었지요."

"그런 말도 안 되는…….."

"아무튼 이젠 어째야 합니까?"

김세명은 깊은 한숨을 내쉬었다.

"후우……! 어쩌긴 뭘 어째? 검찰에서 발견하기 전에 우리
가 장부를 손에 넣어야지."

"하지만 어떻게 그걸 손에 넣습니까?"

"아마도 검찰에서 우리를 기소하게 되면 그 상대방이 나타
나겠지. 그때를 노려서 장부를 털어내자고."

"이정용도 없는데 말입니까?"

"대전에 건달이 그 사람 한 명이야?"

"하긴."

"아무튼 그렇게 일을 처리하는 것으로 하고 회사엔 당분간
출근하지 마. 알겠지?"

"그렇게 하지요."

김세명은 소파에 몸을 기대며 그를 책망하는 투로 말했다.

"도대체 왜 그렇게 허술한 곳에 금고를 둔 것인가?"

"제가 집이 털릴 줄 알았겠습니까? 보니 산소 용접기까지
가지고 들어온 것 같던데 말입니다."

"산소 용접기? 그걸 어떻게 가지고 갔데? 무게가 꽤나 무거
울 텐데 말이야."

"제 말이 그 말 아닙니까? 괴물도 아니고 어떻게 엘리베이

터도 없이 용접기를 들고 18층까지 간 것일까요?"

"별일이 다 있군. 아무튼 중요한 것은 놈이 누구인지 알아 봐야 한다는 거야. 당분간 숨어 지내면서 상황을 예의 주시하 자고."

"알겠습니다."

두 사람은 남은 술을 더 마신다.

*　　　*　　　*

모던바 '연잎'의 주방, 화수와 마오가 헤드폰으로 두 사람 의 대화를 엿듣고 있었다.

프라이빗룸엔 마오가 동남아에서 직접 데리고 온 도청기 술자가 설치한 도청기가 설치되어 있었다.

그래서 두 사람이 하는 얘기는 녹취되는 동시에 화수에게 실시간으로 전해지고 있었던 것이다.

게다가 방엔 CCTV가 설치되어 영상까지 녹화되고 있었다.

"이 정도면 법원에서 증거자료로 사용될 수 있을까?"

마오는 고개를 갸웃거렸다.

"글쎄요, 제가 한국의 법은 잘 몰라도 이 정도로 횡령죄를 성립시키긴 힘들 것 같은데요?"

"으음, 그럼 어떻게 해야 하나?"

"이걸 가지고 이간질을 할 수는 있지요. 두 사람에게 이것을 동시에 보여주고 서로가 서로에게 불리한 증언을 했다고 말하는 겁니다. 그럼 이 옅은 동맹관계는 무너질 수밖에 없을 겁니다."

"오호라, 그런 방법이 있었군. 꽤나 머리가 좋은데?"

"헤헤, 제가 원래 잔머리가 좀 돌아갑니다."

화수에게 칭찬을 받은 미오가 기분 좋게 웃었다.

그는 마오에게 이번 일에 대한 모든 것을 일임하기로 했다.

"이 사건에 대해선 네가 한번 알아서 진행해봐."

"그, 그래도 되겠습니까?"

"이런 일에 적합한 사람이 또 누가 있겠어?"

"하하, 하긴, 제가 원래 더러운 일엔 일가견이 있지요."

화수는 스스로 더러운 사람임을 자처하는 그를 바라보며 씁쓸하게 웃었다.

"그렇게 자기비하를 할 필요는 없고……."

하지만 그는 화수의 씁쓸한 한마디가 들리지 않는 모양이다.

"하하, 재미있겠군요!"

"……."

어쩌면 이렇게 더러운 일이 그에겐 천직인지도 모른다.

*   *   *

다음 날 아침, 대표이사의 성명으로 사무실 이전 일정이 잡혔다.

원래 회사가 가지고 있던 건물로 모든 시설을 옮긴다는 것이었다.

지금 이곳에 입주하고 있던 심부름센터와 건설회사 직원들은 도대체 이게 무슨 일인가 싶었다.

짐을 빼겠다고 들이닥친 이삿짐센터 직원들에게 그들은 거친 언사로 소리쳤다.

"이 새끼들이 미쳤나?! 도대체 나가긴 누가 나간다고 그래?!"

"저, 저희는 그냥 시키는 대로 짐을 옮길 뿐입니다."

"아니 그러니까 도대체 누가 짐을 옮기라고 시킨 건데?!"

잠시 후, 대전 열도파 보스 이정용이 문을 열고 들어왔다.

"형님 오셨습니까?!"

그는 부하들에게 대충 인사한 후, 회사의 중역들을 찾았다.

"다들 어디 갔나?"

"수금을 하러 나갔습니다."

"으음, 그래?"

"그나저나 형님, 이것들 좀 보십시오! 다짜고짜 짐을 옮기겠다고 난리입니다!"

이정용은 대수롭지 않게 고개를 끄덕였다.

"응, 옮겨."

"예?!"

"짐을 옮기라고. 오늘부터 이곳은 원래 소유주에게도 돌아
간다.

"하, 하지만……."

"…그냥 옮기라면 옮겨."

딱딱하게 굳어버린 그의 얼굴을 바라본 부하들은 지금 분
위기가 심상치 않다는 것을 금세 감지했다.

"아, 알겠습니다. 어이, 다들 움직여!"

"예, 형님!"

이삿짐센터 직원들과 건장한 체구의 건달들이 짐을 옮기
니, 이사는 반나절 만에 끝났다.

회사 하나를 비우는데 반나절이라니, 생각보다 이사는 간
단했다.

어차피 말만 사무실이지, 불법철거나 용역 깡패가 일하는
곳이기 때문에 별다른 설비가 없었던 것이다.

이사를 끝낸 이정용은 화수에게 전화를 걸었다.

"형님, 일을 끝냈습니다."

―그래? 수고했다.

"이제 저희는 어디로 갈까요?"

―원래 살던 곳으로 간다.

"그곳엔 이미 다른 사람들이 입주해 있을 텐데요?"

―그럼 이삿짐센터에 짐을 며칠 맡기고 그곳을 사들여. 어차피 우리 회사와도 가까워서 좋겠던데?

"알겠습니다. 그럼……."

전화를 끊은 그는 깊은 한숨을 내쉬었다.

"후우……. 목소리만 들어도 미칠 것 같은데 같이 살자니, 돌겠군."

그는 얼마 전, 리처드와 루이드에게 화수의 밑으로 들어오라는 제안을 받았다.

아니, 그건 제안이 아니라 협박이었다.

두 사람은 그의 가족들을 똑같은 방법으로 파묻어 버리겠다고 협박했던 것이다.

일주일 동안이나 땅에 묻혀 벌레들과 사투를 벌인다면, 그의 가족들은 아마 혀를 깨물고 죽어버릴지도 모른다.

건달이 경찰에 신고한다는 것은 어불성설, 죄를 지은 놈은 법의 보호를 받기도 애매하다.

그렇다고 그가 리처드와 루이드를 제압할 수도 없다.

두 사람은 기관총까지 밀수할 수 있는 연줄을 가진 세계적 범죄자였던 것이다.

스케일이 달라도 너무 다른 두 사람을 어떻게 할 수가 없는데 그의 보스인 화수라고 제압할 수 있을 리가 없었다.

그러니 그들이 하는 말을 그대로 들을 수밖에 없었다.

"빌어먹을……."

시간을 돌릴 수만 있다면 그때 명의신탁 같은 말도 안 되는 범죄에 가담하지 않을 것이다.

회사가 망하면 건물은 고스란히 그의 것이 된다고 했지만, 이젠 그렇게 할 수 없으니 돈만 날린 셈이 되었다. 그는 결국 울며 겨자 먹기로 화수네 동네로 이사하기로 했다.

"판암동으로 간다."

"예? 갑자기 무슨 판암동으로……."

"원래 우리가 살던 동네로 돌아가는 거다. 예전 사무실을 다시 사들일 수 있는지 수소문해 봐."

"알겠습니다. 하지만……."

"시키는 대로 움직여라. 목숨이 아깝다면 말이다."

부하들은 그가 목숨을 걱정한다는 사실에 적지 않게 놀랐다.

그러면서도 그의 명을 어길 수가 없어 부동산에 전화를 걸었다.

"예, 알겠습니다."

이정용은 이삿짐센터에 돈을 지불하고 짐을 맡기기로 했다.

*　　　*　　　*

이른 아침, 김세명은 한 통의 전화를 받았다.

전화를 건 사람은 그에게 이메일을 한 통 보냈다고 했다.

그는 이메일을 확인하자마자 아연질색했다.

"이, 이건……?!"

이메일에 첨부되어 있는 영상은 그와 김동훈이 작당모의를 하고 있는 영상이었던 것이다.

영상에는 소리가 녹음되어 있었는데, 두 사람이 도난에 대해 얘기하는 소리가 고스란히 담겨 있었다.

—어떻습니까? 제 선물이?

"아니, 도대체 정체가 뭐야?!"

—지금 제 정체가 중요한 것이 아닐 텐데요? 김동훈 씨는 이미 저희에게 모든 정보를 넘기고 고소취하를 약속받은 상태입니다. 아마 당신의 재판엔 증인으로 나서겠지요.

"뭐, 뭐라?! 김동훈 그 개새끼가……?!"

—그런 말도 안 되는 얄팍한 의리라니. 솔직히 협박을 하는 입장임에도 불구하고 놀랄 수밖에 없더군요.

"젠장……."

—어떻게 하시겠습니까? 당신도 우리와 함께하시겠습니까?

"…정말 그놈이 모든 것을 다 불겠다고 했단 말이지?"

—그렇습니다. 동조한 사실을 확인시켜 드려요?

"아니, 됐어. 그냥 내가 알아서 하리다."

—자아, 그럼 선택하시죠. 우리를 따를 겁니까, 말 겁니까?

"일단 생각할 시간을……."

─생각할 시간이 없을 텐데요? 내일이면 검찰에 고소장이 접수될 텐데. 그렇게 되면 당신이 지금까지 횡령한 돈을 다 토해내든지 감옥에 가든지, 둘 중에 하나를 해야 할 겁니다.

"……."

─어떻게 하실래요?

"그건……."

─아아, 대답하시 싫으시다? 그럼 뭐 어쩔 수 없지요. 그럼 내일 법원에서 뵙겠습니다.

"자, 잠깐! 대답할게. 그러니 끊지는 마시오."

─후후, 진즉 그래야지. 어떻게 할 겁니까?

"…당신들을 따르겠소. 그럼 나는 이 사건에서 빼주는 거요?"

─최소한 외국으로 튈 수 있는 기회는 드리겠습니다.

"좋소. 그렇게 합시다."

전화기 속 사내는 약속장소와 시간을 고지했다.

─내일 오후 다섯 시까지 대덕테크노벨리 안에 있는 타이어 공장으로 오십시오. 위치는 아시죠?

"물론."

─그럼 내일 뵙겠습니다.

전화를 끊은 그는 이를 바득바득 갈았다.

"제기랄……!"

그는 자신이 가지고 있는 모든 자료를 챙겨 놓았다.

                    *   *   *

대전 지방법원, 화수가 지인의 소개로 만난 장영철 검사와
함께 차를 마셨다.

장영철 검사는 화수가 가지고 온 자료들을 받아보곤 심각
하게 인상을 찌푸렸다.

"공금횡령에 명의신탁까지 안 한 범죄가 없군요."

"이중장부부터 분식회계까지, 그 범죄도 다양하지요."

그는 더 볼 것도 없다는 듯이 말했다.

"당장 영장을 발부받고 덮칩시다. 명의신탁을 종용했던 사
람도 체포하고요."

화수는 고개를 가로저었다.

"명의신탁에 관한 것은 덮어주시지요. 실소유주가 권리를
포기한다는 각서를 작성했습니다."

이정용 본인이 자필로 작성하고 지장에 인감까지 찍은 각
서를 받은 장영철이 고개를 끄덕였다.

"으음, 그렇게 본인이 권리를 포기한다면야 문제될 것이
없지요."

"그러니 이 안건은 넘겨주십시오."

"알겠습니다. 그럼 나머지 두 사람을 체포해서 기소하는

것으로 합시다."

화수는 그에게 두 사람이 집결할 장소를 일러줬다.

"내일 5시에 만나기로 했습니다. 전화로 조금 협박을 했더니 바로 미끼를 물더군요. 나머지 횡령자료들을 가지고 온다고 했으니 그때 덮치면 될 겁니다."

"그렇게 하겠습니다."

"감사합니다. 부디 저와 제 동료들이 억울함을 풀 수 있도록 해주십시오."

자료를 열람하는 장영철의 얼굴에 결연함이 묻어났다.

"철저히 조사해서 법의 심판을 받게 할 겁니다. 그러니 너무 걱정하지 마십시오."

"부탁드리겠습니다."

연신 고개를 숙이는 화수에게 손을 내젓는 장영철이다.

"법은 항상 이깁니다. 그걸 보여드리지요."

장영철은 다시 한 번 열의를 불태웠다.

*　　　*　　　*

오후 다섯 시, 대전 대덕테크노밸리 내에 위치한 타이어 공장 앞에 김세명과 김동훈이 나란히 도착했다.

"…여긴 왜 오셨습니까?"

"그러는 자네는?"

"나는……."

순간, 두 사람은 뭔가 일이 잘못되고 있다는 것을 직감했다.

그리고 잠시 후, 두 사람에게로 경찰들이 무더기로 다가섰다.

"김세명 씨, 김동훈 씨! 두 사람을 공금횡령 및 회사법 위반 등으로 체포합니다. 묵비권을 행사할 수 있으며, 변호사를 선임할 수 있습니다."

"뭐, 뭐요?! 이, 이게 무슨……."

이윽고 화수가 모습을 드러냈다.

"안녕하십니까? 새롭게 부임한 사장입니다. 강화수라고 합니다."

"다, 당신이 어제 그 사람?!"

"맞습니다. 제가 두 사람에게 전화를 걸었지요. 거참, 둘 다 그렇게 머리가 나빠서 도대체 어떻게 공금을 횡령해 먹었는지 알 수가 없군요."

"이런 미친……!"

화수는 두 사람에게 다가서지 말라는 제스처를 취했다.

"어허, 움직이지 마십시오, 그랬다간 폭행죄가 추가될 겁니다."

"…젠장!"

경찰들은 그들을 연행해 갔고, 화수는 아주 가벼워진 기분으로 돌아섰다.

*   *   *

마영통운이 가지고 있던 본사 건물을 되찾고 난 지 이틀 만에 회사는 다시 원래의 자리를 되찾았다.

그리고 그들이 가지고 있던 항만시설은 물론이고, 차압당했던 물건들을 모두 돌려받았다.

새롭게 단장한 마영통운이 오픈하는 날, 사장의 취임식이 열렸다.

취임식의 사회를 맡은 사람은 회사로 복직하자마자 상무에서 부사장으로 진급한 장준호였다.

그는 회사 강당에 임직원들을 모두 모아놓고 화수를 소개했다.

─주목해 주십시오. 오늘부로 정식 출근을 하게 된 강화수 대표님이십니다.

임직원들은 일개 사원으로 알았던 화수가 사장 직함을 달고 나타나자, 고개를 갸웃거렸다.

"어라? 저 사람은……."

사장의 전언을 전한다고 단상에 오르던 사람이 진짜 사장이라니, 임직원들은 이 상황을 쉽게 받아들일 수 없었다.

하지만 사실은 변하지 않는 법, 화수는 당당히 단상에 올라섰다.

─안녕하십니까? 신임 대표이사 강화수라고 합니다.

…짝짝짝짝!

박수에 조금 힘이 없었다.

─제가 처음 이곳에 왔을 땐 상차인부로 위장했었습니다. 그리고 그다음엔 총무부 말단직원이였고요. 하지만 그것은 회사를 되찾기 위한 공작이였습니다. 그러니 다소 혼란스러워도 이해해 주시기 바랍니다.

화수는 그들에게 회사의 암 덩어리들을 어떻게 제거했는지 설명했다.

─우리 회사엔 심각한 문제가 몇 가지 있었습니다. 그중에서도 가장 큰 문제는 부사장과 전무이사가 짜고 회사의 재산을 명의신탁으로 팔아먹었다는 것입니다. 그래서 저는 수단과 방법을 가리지 않고 그것을 되찾았습니다.

임직원들은 그제야 지금까지 일어난 사건에 대해 이해할 수 있었다.

─우리는 이제 동남아를 비롯한 외국으로 진출할 일만 남겨놓고 있습니다. 한창 도약할 시기에 노사가 갈라서는 것은 좋지 않지요. 앞으로 행동으로 믿음을 보여드릴 테니 여러분들은 새롭게 조성된 좋은 환경에서 일하시면 됩니다.

…짝짝짝.

─또한, 밀린 월급과 성과급을 모두 지급할 예정입니다. 그

리고 그동안 못 받은 상여금도 모두 지급할 것이고요. 지금까지 돈 못 받고 일했던 것에 대한 보상도 조금 할 테니 기대하십시오.

순간, 강당이 떠나갈 듯한 환호성이 들려왔다.

"와아아아아아!"

"월급니다! 월급이야!"

다 망해가는 회사 때문에 실업급여나 타먹자는 생각으로 버티고 있었던 임직원들은 환희에 찬 박수를 보냈다.

짝짝짝짝!

그제야 박수에 진심이 섞여 있는 것 같았다.

화수는 단상에 올라 있는 장준호를 바라보며 엄지를 추켜세웠다.

'앞으로 잘합시다.'

그는 화수에게 깊이 고개를 숙였다.

'물론이지요.'

이제 마영통운이 새롭게 자리를 잡아갈 것이다.

『현대 마도학자』 4권에 계속…

외전 Part 1

　겨울의 끝자락, 카미엘의 군대가 유프란츠 평야에 주둔해 있었다.

　휘이이잉……!

　여전히 찬바람이 매섭게 불어오는 가운데, 카미엘이 막사에 앉아 보고서를 검토했다. 대부분 전투에서 세운 공적을 올린 서류로 전쟁이 끝나면 논공행상에 쓰일 것들이다.

　총사령관인 카미엘은 단연 일등공신이지만 그 뒤를 잇는 장수들은 그렇지 못하기 때문이다.

　"언젠가는 정말로 내가 자리에서 물러나야 할 날이 오겠군."

　그의 나이가 바야흐로 불혹을 넘어가고 있는 가운데, 그는 슬슬 인생의 무게를 느끼기 시작했다.

만약 그가 물러나지 않고 계속해서 사령관 자리에 머문다면 아마도 그의 후배들이 치고 올라올 기회가 없어질 것이다.

때가 된다면 낙향해서 천천히 유람이나 즐기다 여생을 마감하고 싶을 뿐이다.

"과연 녀석이 허락을 해줄지 모르겠군."

친구이지만 군신관계에 놓인 레비로스가 허락을 해준다면 여행을 할 수 있겠지만, 그렇게 되지 않을 공산이 크다.

그가 지금까지 제국을 유지해 온 가장 큰 원동력이 바로 카미엘이기 때문이다.

만약 그가 없어진다면 군부의 수장을 새로 뽑아야 하는데, 그렇게 되면 권력이 분열되고 말 것이다.

그것은 곧 제국의 혼란을 초래하는 일이기에 황제는 사령관을 놓아주려 하지 않을 것이다.

"천천히 고민해 볼 문제인 것 같군."

카미엘은 잠시 서류에서 눈을 뗐다.

벌써 다섯 시간째 서류만 들여다보고 있었더니 머리가 터질 것 같았다.

그는 고개를 돌려 자신의 서류 책상에 놓인 미란츠를 한 병 개봉했다.

뽕!

알싸한 미란츠의 주향이 그의 후각을 자극했다.

"좋군."

항상 느끼는 것이지만 미란츠는 그의 본능적인 여행 욕구를 자극시켰다.

미란츠를 한 모금 머금은 그는 깃털 펜을 들었다.

요즘 그는 자신이 해왔던 모험과 수련에 대한 기억을 글로 적어내는 작업을 하고 있다.

자서전이라고 하면 자서전일 것이고 소설이라면 그렇게 분류할 수 있을 것이다.

물론, 글을 더 잘 쓰는 음유시인을 데려다가 자서전을 집필시킬 수도 있지만 그는 투박하나마 자신이 글을 직접 쓰기로 했다.

나중에는 이 글을 레비로스에게 주어 그가 글을 다듬고 자신의 얘기를 추가로 넣을 수 있도록 할 것이다.

이것이야말로 두 사람 40년 인생을 대변해 주는 것이 될 것이니, 이보다 더 뜻 깊은 일은 아마 없으리라.

슥슥슥슥……

바람 부는 소리만 제외한다면 지금 막사 안에 들리는 소리는 오로지 펜 굴러가는 소리뿐이다.

하지만 카미엘은 이 적막함에서 아주 찰나의 움직임을 간파해 냈다.

"누구냐……?"

순간, 그는 자신의 곁에 놓여 있던 애병을 손에 쥐었다.

스르르룽……!

일반적인 바스타드 소드보다 조금 작고 레이피어보단 조금 큰 특이한 검이다.

이것은 레비로스와 카미엘이 대륙 전역을 떠돌 때 보부상에게 10골드를 주고 산 보검이다.

그때는 잘 몰랐지만 이것은 전설상에 전해져 내려오는 마왕 카르만의 전신으로 불리는 명검이었다.

이 검이 머금은 피만 해도 유프란츠 강을 다 채우고도 남을 것이라는 소리였다.

그런 검에 카미엘이 피를 더 흘리게 했으니, 이 검이야말로 악귀의 현신이라고 할 수 있을 것이다.

정적이 흐르던 가운데, 카미엘에게로 비수가 날아들었다.

팅!

순간적인 감각으로 비수를 막아낸 카미엘은 곧장 자신의 마나홀에 있는 마나를 전신으로 흘려보냈다.

우우우웅……!

바로 그때였다.

두근!

"커헉!"

마나가 미친 듯이 요동치더니 이내 그의 심장을 공격하기 시작한 것이다.

'맨드레이크 독?!'

맨드레이크는 이 세상의 모든 독을 해독하는 효능을 가지고 있는 완벽한 나무다.

하지만 그 약재가 되는 뿌리의 끄트머리가 여물려면 100년 이상은 기다려야 하기 때문에 약재로 쓰이는 경우가 극히 드물다.

그러나 그 여물지 않은 뿌리를 삼 일 밤낮으로 달이면 마력을 억제하는 맹독으로 탈바꿈한다.

이것은 마도학에서도 절대로 금기시하는 맹독으로, 제조법은 이미 봉인되어 사라졌다고 알려져 있다. 그럼에도 불구하고 그 맹독이 카미엘을 공격하고 있는 것이다.

"허억, 허억……."

그의 앞에 복면을 쓴 한 사내가 모습을 드러냈다.

"이제 곧 하늘로 올라가겠군. 사령관."

"…어째신?"

"죽기 전에 유언이 남아 있다면 들어주겠다. 그래도 인류의 발전에 크게 기여한 사람이 아닌가? 위대한 카미엘."

카미엘은 이를 악물었다.

그의 안목으로 보건데, 지금 카미엘의 앞에 있는 어째신은 적어도 30년 이상을 수련한 노련미 넘치는 살수로 보였다.

암살에도 깊은 조예가 있는 카미엘은 본능적으로 그것을 알 수 있다. 마나가 없는 채로 그를 제압한다는 것은 있을 수 없는 일일 것이다.

'큰일이군.'

이대로 목숨을 잃는다고 해도 전혀 이상할 것이 없는 상황이었다.

카미엘은 어쩔 수 없이 자신의 목숨을 걸어보기로 했다.

"유언이라……. 유언이 있긴 있다."

"말해보라."

"그전에 내가 글을 쓸 수 있도록 펜을 좀 주겠나? 어차피 이대로라면 마나가 심장을 갉아먹어 죽고 말 텐데. 글이라도 남기고 죽고 싶다."

그는 대수롭지 않게 카미엘의 펜과 종이를 가지고 왔다.

"얼마나 버틸 수 있을지는 모르겠지만 소리는 지르지 않는 것이 좋다."

"내가 그 정도로 어리숙한 사람으로 보이나?"

"후후, 그렇지 않으니 펜을 가져다 준 것이다."

카미엘은 펜에 잉크를 충분히 머금은 후, 자신의 폐부에 깊숙이 바람을 집어넣었다.

"후우욱……!"

그리곤 그것을 펜대 끝에 순간적으로 주입시켜 물이 아주 큰 압력을 받아 날아가도록 했다.

찌익!

"쿨럭!"

살수의 코로 정확하게 들어간 잉크는 그의 뇌로 들어갔고,

그의 뇌는 순간적으로 자신이 지금 깊은 물속에 들어와 있다고 인식했다.

한마디로 한 방울의 물 때문에 익사한 것이다.

"꼬르르륵……."

카미엘은 살수로 생활하는 동안 자신만의 비기를 익혔는데, 그는 독과 물을 아주 적절하게 사용할 수 있었다.

덕분에 아주 적은 물로도 상대방을 기절시키거나 익사시킬 수 있는 능력을 갖게 된 것이다.

이윽고 사내는 죽어버렸고, 카미엘은 거친 숨을 몰아쉬었다.

"허억, 허억……."

부관을 불러내려던 카미엘은 자신에게로 50명 가까운 살수들이 날아오고 있음을 감지했다.

살수들이 바람을 가르는 소리는 조금 특이한 면이 있어서, 멀리서 들어도 금방 알 수 있었다.

"빌어먹을……!"

그들은 막사로 돌입하기 전에 카미엘에게 수많은 비수를 날렸다.

핑핑핑핑!

카미엘은 어쩔 수 없이 막사를 빠져나와 병사들이 있는 주둔지로 향했다.

이미 그를 호위하던 병력은 모두 죽었고, 주둔지에서 조금 떨어진 곳까지 가려면 말이 필요하기 때문이다.

그는 자신의 애마를 찾아 달렸다.

"휘이이이익!"

잠시 후, 거친 숨을 내쉬며 군마 체이서가 달려왔다.

"이히히힝!"

카미엘은 가까스로 체이서의 등에 자신의 몸을 얹었다.

"쿨럭, 쿨럭!"

벌써 10년이 넘도록 카미엘을 등에 짊어지고 달린 체이서
는 그의 상태를 단박에 파악했다. 상황이 다급하다는 것을 인
지한 체이서가 대뜸 주둔지를 향해 내달리기 시작했다.

"푸드드득!"

"장하다, 체이서. 이 일이 끝나면 당근을 실컷 먹여주마."

"이힝힝!"

당근을 세상에서 가장 좋아하는 체이서에게 카미엘의 한
마디는 꿀보다 더 달콤했다.

전력을 다해 주둔지를 향해 달리던 카미엘은 정면으로 달
려드는 또 다른 살수집단과 마주했다.

핑핑핑핑!

서걱!

"크헉!"

잘못해서 비도를 한 대 얻어맞은 카미엘은 자신의 몸에 또
다른 종류의 독이 퍼져 나가는 것을 느꼈다.

"젠장!"

이번에는 마나코어에 극심한 타격을 입히는 바실리스크의 맹독이었다.

바실리스크는 몸을 굳어버리게 만드는 독을 가지고 있는데, 이것을 물에 증류시키면 마나를 억제시키는 작용을 한다.

맨드레이크의 뿌리보다 조금 더 독하거나 그와 비슷한 정도이니, 잘못하면 지금 즉사할 수도 있었다.

"허억, 허억……!"

카미엘은 주둔지로 향하던 기수를 좌현으로 돌렸다.

"일단 이곳을 빠져나가자."

"이힝힝……!"

그는 어쩐지 미세하게 떨려오는 체이서의 울음소리를 들었다.

"체, 체이서?"

녀석은 카미엘을 지키기 위해 비도가 날아오는 곳을 거침없이 내달리다 무려 열 개나 되는 비도를 맞았다.

덕분에 지금 녀석의 몸에는 엄청난 양의 독이 퍼져 나가고 있었던 것이다. 그나마 덩치가 남다르게 큰 군마이기에 이 정도 버티고 서 있을 수 있었다.

"이런 개새끼들……!"

제국에 반역하는 무리가 틀림없다고 생각한 카미엘은 입술을 짓깨물었다.

"반드시 복수하겠다!"

그는 말을 몰아 무작정 남쪽으로 향했다.

*　　　*　　　*

카미엘의 막사가 습격당한 지 20분, 주둔지에는 비상이 걸렸다.

"사령관님을 찾아라!"

"예, 부사령관님!"

총사령관의 충직한 부하 피란츠는 피가 터지도록 입술을 짓깨물었다.

꽈드드득!

"이런 천하의 개자식들을 보았나?! 종전이 이제 코앞이거늘, 이런 중요한 때에 사령관님을 습격해?!"

피란츠는 주둔지에 있는 모든 병력을 풀어서 북부를 샅샅이 뒤지도록 명령했다.

"1군단과 2군단은 북쪽으로, 나머지는 좌우로 나뉘어 사령관님을 찾는다! 그리고 각하의 친위대는 나와 함께 남쪽으로 간다!"

"그 이후엔 어떻게 합니까?"

"다시 이곳으로 모여 사령관님의 지시를 받을 것이다! 만약 사령관님을 찾지 못하면 아예 돌아올 생각도 하지 마라!"

"예, 알겠습니다!"

피로츠는 자신의 손아귀에 잡힌 어쎄신들을 바라봤다.

그리곤 다짜고짜 얼굴을 군화로 힘껏 걷어찼다.

퍼억!

"크헉!"

그의 발차기는 가히 해머로 머리를 얻어맞는 것과 맞먹는 위력을 가지고 있었다.

만약 이들이 고도로 훈련된 살수가 아니었다면 벌써 이 세상을 떠나고도 남았을 것이다.

"두 번 묻지 않는다. 지금 사령관님은 어디로 가셨나?"

"흥! 그딴 협박이 나에게 통할 것이라고 생각했나?!"

어쎄신들은 찰나의 기회를 엿보다 이내 혀를 깨물었다.

쫘득!

"꼬르르르륵……."

피거품을 내뱉으며 죽어가는 그들을 부여잡고 피란츠가 외쳤다.

"이런 개새끼들! 감히 누구 마음대로 목숨을 끊는단 말인가?!"

아무리 흔들어도 대답이 없는 그들, 피란츠는 곧장 말에 올랐다.

"어쩔 수 없다! 무작정 각하를 찾는 수밖에!"

"지금 출발합니까?"

피란츠는 자신의 곁에 남아 있는 군단장들에게 버럭 소리쳤다.

"아직도 움직이지 않았단 말인가?!"

"죄, 죄송합니다!"

"어서 움직여라! 그리고 사령관님을 찾아라!"

"충!"

이윽고 피란츠 역시 친위대를 이끌고 남쪽으로 향했다.

"제발……!"

천하무적이라고 알려진 카미엘이지만 맹독에 당하곤 결코 살아남지 못할 것이다.

그는 급한 마음으로 말을 몰았다.

＊　　　＊　　　＊

같은 시각, 카미엘이 사라졌다는 소식은 황제에게까지 전해졌다. 마법전보로 소식을 받은 레비로스가 분노에 찬 목소리로 외쳤다.

쾅!

"지금 당장 근위대장을 불러오라!"

"예, 폐하!"

이윽고 근위대장이 그의 앞에 달려와 부복했다.

"찾으셨나이까?!"

"지금 당장 근위대에서 최고로 날쌔고 수색 능력이 뛰어난

자들을 선발해 북부로 보내라!'

"예? 갑자기 그에 무슨……."

"카미엘이 사라졌다! 지금 그가 독을 맞고 적에게 쫓기고 있단 말이다!"

근위대장은 덩달아 다급한 표정을 지었다.

"허, 허억! 존명! 명을 따르나이다!"

이번에 그는 정보부장을 불렀다.

"제이나 자작을 불러오라!"

명이 떨어지기 무섭게 천장에서 제이나가 뚝 하고 떨어져 내렸다.

"찾아계시옵니까?"

"지금 당장 누가 카미엘을 공격하라고 했는지 알아내라. 놈을 찾아서 내 앞에 데리고 오는데 삼 일을 주겠다."

"존명!"

그녀는 다시 한 번 어둠 속으로 몸을 숨겼고, 레비로스는 시종에게 미란츠를 대령하라 일렀다.

"어서 술을 가지고 오라!"

"예, 폐하!"

이윽고 그의 앞에 주안상이 차려졌고, 그는 안주를 저 옆으로 치운 뒤 술병만 잡았다.

꿀꺽, 꿀꺽!

"크흐! 젠장!"

분명 이 사태는 귀족과 귀족들의 농간이 틀림없었다.

문신들의 입지가 좁아질 것을 염려하여 카미엘을 사지로 내몬 것이다.

"감히 카미엘을 그 지경으로 만들었단 말이지……."

레비로스의 눈가에 분노가 치밀어 올랐다.

"여봐라! 지금 당장 한트 공작을 데려오라!"

"예, 폐하!"

단숨에 미란츠 한 병을 다 비워 버린 레비로스가 다시 술병을 개봉하려는 찰나였다.

침소의 문이 열리며 황비 엘레니아가 모습을 드러냈다.

"폐하, 이 야밤에 무슨 일이시옵니까?"

"…지금 카미엘이 습격을 당해 쫓기고 있다고 하오."

"그런 일이……."

"이건 분명 한트의 농간이 틀림없소! 짐은 놈을 잡아다 발기발기 찢어 성문에 효시토록 할 것이오!"

화가 머리끝까지 난 레비로스에게 엘레니아가 차갑게 가라앉은 눈으로 말했다.

"지금 제국은 과도기를 맞았사옵니다. 더군다나 거듭된 병탄으로 인하여 카미엘 장군에 대한 반감도 극에 달해 있사옵니다."

"…지금 짐에게 무슨 말을 하고 싶은 것이오?"

"차분하게 생각하시라고 말씀드리는 것이옵니다."

쾅!

순간, 눈동자가 충혈이 될 만큼 화가 난 레비로스가 자리를 박차고 일어섰다.

"지금 부인께선 한트를 옹호하는 것이오?! 내 친구이자 이 나라의 제일무관이 죽을 뻔했단 말이오! 아니, 이제 곧 죽을 수도 있소! 그런 짓을 벌인 놈을 가만히 두라는 것이고?!"

"제아무리 일등공신이라곤 해도 언젠가는 제거되어야 할 대상이옵니다. 실리를 따지시지요."

"뭐요?!"

화를 주체 못한 레비로스는 급기야 술잔을 집어던졌다.

쨍그랑!

그리곤 자신의 곁에 놓여 있던 검을 뽑아 들었다.

챙!

그가 카미엘과 여행하다가 고대던전에서 우연히 발견한 드래곤 본 소드다.

카미엘은 이 검에 레드드래곤이라는 별명을 붙여주었다.

레비로스는 마치 자기 자신처럼 아끼는 애병을 그녀의 앞에 겨눴다.

"…귀족파 수장을 내가 지금까지 왜 살려두었다고 생각하시오?"

"소첩은 오로지 제국을 위해 그리한 것이옵니다."

"제국?! 그대의 아버지, 대공이 권력을 틀어쥐기 위한 도구로 사용할 목적은 아니고?!"

"그렇게 곡해를 하시옵니까?"

"닥치시오! 그대는 지금 짐을 기망하는 것을 넘어서 나라를 뿌리째 흔들고 있소! 알고는 있소이까?!"

그녀는 검 끝에 자신의 목덜미를 가까이 가져다 댔다.

그러자, 그녀의 희고 고운 목덜미에서 피가 흘러내렸다.

푸욱…….

엘레니아는 붉어진 눈시울을 사납게 옆으로 찢어냈다.

"기억하시옵니까? 폐하께서 소첩을 처음으로 만났을 때, 이 목선이 가장 아름답다고 하셨지요."

"뭐, 뭐요……?"

"그리고 이 목덜미에 틈만 나면 키스를 하셨지요. 소첩은 그런 폐하를 믿고 지금까지 버텨왔습니다. 수많은 암투가 있었고 위기가 있었사옵니다. 그럼에도 불구하고 소첩은 폐하를 떠나지 않았사옵니다. 그런데 이제 와서 소첩을 죽이겠다고 하시옵니까?"

"……."

그녀는 조금 더 몸을 앞으로 내밀었다.

"자, 그럼 죽이시지요. 소첩을 죽여서 분풀이를 하시옵소서!"

"부, 부인……!"

레비로스는 이내 검을 내려놓고 말았다.

"…미안하오. 내 그만……."

그녀는 고개를 푹 숙인 레비로스에게 다가가 그를 끌어안았다.

"괜찮사옵니다. 소첩은 폐하가 어떤 얼굴을 하고 있더라도 사모하옵니다."

"부인……."

"이 시련도 곧 지나갈 것이고 카미엘 장군에 대한 일도 어떤 쪽으로든 마무리가 될 것이옵니다. 그러니 너무 심려치 마시옵소서."

"고맙소……."

레비로스는 그녀의 가슴에 얼굴을 묻은 채 눈을 감았다.

*   *   *

도대체 얼마나 말을 달린 것일까?

카미엘은 슬슬 몸에 한계가 오는 것을 느꼈다.

"허억, 허억!"

그것은 체이서 역시 마찬가지, 둘은 서로에게 몸을 의지한 채 가까스로 걸음을 옮기고 있었다.

다행히도 살수들을 간신히 따돌리긴 했지만 앞으로가 문제였다.

카미엘은 지도를 펼쳤다.

"…아가비엔이라?"

그에겐 그다지 유쾌한 기억이 아닌 마을이다.

하지만 이 근방에 마을은 아가비엔뿐이라 어쩔 수 없이 그곳에 몸을 의탁할 수밖에 없을 듯싶었다.

카미엘은 체이서의 몸에 기댄 채 아가비엔을 향해 걷고 또 걸었다. 그렇게 삼 일 동안을 걷다 보니 이젠 배가 너무 고파서 몸을 움직일 기운이 없었다.

"죽을 맛이군……."

체이서는 슬슬 다리가 풀리는 카미엘을 질질 끌고 마을로 향했다.

"푸드득, 푸드득……!"

녀석도 이젠 슬슬 한계가 오는 모양인지 입에서 하염없이 침이 흘러내리고 있다. 하지만 주인을 생각하는 충성심 하나로 버티고 있는 것이었다.

"무식한 녀석……. 그냥 도망을 가지 그랬냐?"

체이서는 갈기털로 그의 얼굴을 찰싹 때렸다.

착!

"후후, 알겠다. 다시는 그런 소리 하지 않으마."

"이힝힝……."

마나코어를 주입하고 부터는 체이서의 지능이 비약적으로 상승했다.

그래서 녀석은 카미엘이 하는 말은 거의 대부분 알아들을 수 있었다.

특히나 그가 감정을 담아서 하는 말은 즉각적으로 반응했다.

다른 어떤 물체나 생명체에게도 감정을 드러내지 않는 체이서이지만 오로지 주인인 카미엘에게 만큼은 질투나 사랑과 같은 감정을 느꼈다. 그런 이유로 카미엘은 체이서를 군마로 생각하기보단 오랜 친구로 생각했다.

이제 죽음을 목전에 둔 순간, 카미엘은 자신의 앞으로 한 모녀가 다가오는 것을 알 수 있었다.

흐릿한 시선으로 그녀들을 바라보던 카미엘은 이내 발걸음을 돌리려 했다.

"…저들에게 신세를 질 수는 없지."

애써 걸음을 돌리려던 카미엘에게 꼬마아이가 달려왔다.

"아저씨?! 카미엘 아저씨?!"

애써 시선을 다잡아보니 자신에게로 달려온 사람은 다름아닌 일전에 보았던 그 꼬마아이였다.

그런 아이를 따라 아이의 엄마도 걸음을 옮겼다.

"루나!"

루나는 카미엘의 안색을 살피곤 이내 눈물을 글썽이며 외쳤다.

"어, 엄마! 아저씨가 많이 아파!"

"허억, 허억……!"

흐릿해지는 시선 너머로 그녀의 얼굴이 보였다.

"이봐요, 괜찮아요?"

"…난……."

이내 카미엘은 정신을 잃고 말았다.

*   *   *

몸이 불처럼 뜨겁고 입에서는 자꾸 단내가 나는 것 같았다.

카미엘은 지금 자신이 죽지 않았다는 것을 알고 있었지만, 쉽사리 눈을 뜰 수가 없었다.

이런 것을 두고 가사상태라고 하는 모양이다.

'답답하군.'

분명 체이서에게 이끌려 마을로 온 것 같기는 한데, 도저히 자신이 어떤 상태인지 알 수가 없었다.

이윽고 그의 얼굴에 작은 손길이 느껴졌다.

"아저씨, 죽으면 안 돼요. 지금 아저씨의 말은 슬슬 기운을 차리고 있단 말이에요. 같이 놀아줘야죠."

그는 속으로 미소를 지었다.

'이 세상에도 내 편이 있기는 있는 모양이구나.

삼 일 후, 카미엘은 가까스로 눈을 뜰 수 있었다.

이른 아침, 그는 자리에서 일어나 체이서의 상태를 살피기 위해 마구간으로 향했다.

전직 군인의 집이었던 이곳은 작지만 마구간이 있었다.

그래서 체이서를 수용할 수 있는 여건이 되었던 것이다.

찬바람이 부는 가운데, 체이서가 마구간에 똬리를 틀고 앉아 있다.

"갈기가 너무 거칠어! 이래서 무슨 장가나 갈 수 있겠어?"

"이힝힝……."

카미엘은 고개를 갸웃거렸다.

"어라?"

감정이 아예 없다고 생각한 체이서가 꼬마아이 루나와 놀아주고 있었던 것이다. 그것도 상당히 민감한 갈기털을 내어주고 실컷 빗질을 받고 있었다.

루나는 카미엘을 보자마자 자리에서 벌떡 일어섰다.

"어?! 아저씨!"

"그, 그래."

아마도 체이서는 본능적으로 이 루나라는 아이가 카미엘을 잘 따른다는 사실을 직감한 모양이다.

그래서 이 아이에게 반감을 갖지 않은 것이다.

"…고맙구나. 다 죽어가는 나를 살려주다니."

"아니에요! 우리 아빠도 군인이었는데, 죽어가는 병사는 무조건 도와주라고 했어요!"

"그렇구나……."

아마도 이 아이의 아버지는 카미엘의 손에 죽었거나 제국군에게 죽임을 당했을 것이다.

지금까지 제국군을 제외한 그 어떤 병사도 멀쩡히 살아남은 전례가 없기 때문이다. 때문에 카미엘은 루나를 볼 때마다 끝도 없는 죄책감을 느끼게 되었다.

이윽고 카미엘에게로 루나의 엄마 레이나가 다가왔다.

"일어나셨군요."

"미안하게 되었소. 이번엔 이렇게 목숨까지 빚지게 되었구려."

"그냥……. 아이의 아버지가 남긴 유언 때문에 지나치지 못했을 뿐입니다. 오해는 하지 마세요."

"고맙소."

"식사를 차려놓았으니 드세요. 말에게 여물을 주는 건 루나가 알아서 할 거예요. 아이의 아버지가 기마대였거든요."

"그렇구려, 고맙소."

카미엘은 루나의 머리를 한 번 쓰다듬더니 이내 집으로 들어갔다.

* * *

카미엘은 루나의 집에서 몸이 회복될 때까지 머물기로 했다.

물론, 이곳에 머물면서 발생하는 비용은 따로 금화로 치를 생각이었다. 그리고 제대로 된 교육을 받지 못하는 루나에게 대륙 공용어와 마법을 가르쳐 주었다.

"잘 보거라. 이게 바로 물 계열 마법이란다."

이제 슬슬 독기를 거의 다 몰아낸 카미엘은 루나에게 물 계열 마법인 워터스트라이크를 보여주었다.

물로 이뤄진 동그란 구체가 빠르게 회전하면서 적을 공격하는 마법인 워터스트라이크가 날아가며 앞마당에 있는 자작나무를 두 동강 냈다.

슈가가가각!

"우와! 아저씨 대단해요!"

"지금은 단적인 예로 보여준 것이고 나중엔 조금 더 강력한 마법을 쓸 수 있단다."

"나도 마법사 할래요!"

"그래? 저번엔 검사를 하고 싶다면서? 그래서 아저씨가 목검도 만들어주었잖니."

"그래도 마법사 할래요! 아저씨도 검사이면서 마법도 쓰잖아요?"

"으음……. 하긴, 그렇긴 하지."

"나중에 나도 아저씨 같은 멋있는 사람이 될래요!"

"후후, 그래. 알겠다. 이 아저씨가 최대한 노력을 해보마."

카미엘이 루나에게 한창 마법을 가르치고 있는데 레이나가 다가왔다.

"…마법을 가르치시는 건가요?"

"아이가 관심을 갖는 것 같아서 좀 알려주고 있었을 뿐이오. 불쾌하다면 그만두겠소."

그녀는 고개를 가로저었다.

"아니요, 그런 건 아니고……. 혹시나 마법을 가르친 대가를 원해서 그러시는 거라면……."

카미엘은 고개를 내저었다.

"절대 그렇지 않소! 그런 것 아니니 걱정하지 마시오."

"그렇지만 왕정 마법학교에선 한 달에 금화 20닢을 받고 마법을 가르친다던데……."

"나는 그런 장사치가 아니오. 루나가 그만한 재능을 가지고 있기에 가르치고 있을 뿐이오."

"그렇다면 다행이지만……."

"내가 두 사람에게 줄 수 있는 것은 이런 사람을 죽이는 기술뿐이오. 하지만 루나는 나와 다르게 사람을 살리는 사람이 되었으면 하는 바람이오."

만약 기회가 된다면 루나를 진짜 제자로 삼아서 키워보고 싶은 마음도 드는 카미엘이다.

*   *   *

요양 보름째, 카미엘은 다락방에 누워서 루나에게 줄 서적을 집필하고 있었다.

그가 기억하고 있는 모든 마법적 지식과 마도학적 지식들,

그리고 검술에 대한 것까지 모두 총망라했다.

이 정도의 규모라면 황정마법학교 수석교수도 따라오지 못할 정도이며, 제국군 최고의 검사도 혀를 내두를 정도다.

아마 이 내용을 모두 통달한다면 최고의 검사이자, 마법사가 될 수 있을 것이다.

또한 자신의 노하우까지 모두 자세히 저술했으니 그는 어쩌면 루나가 자신을 뛰어넘을 수도 있다는 기대를 가져봤다.

이제 한 줄 남은 서적에 어떤 내용을 기술할까 고민하고 있던 카미엘에게 인기척이 느껴졌다.

똑똑.

다락방 창문에 인기척이라니, 그는 눈을 서슬퍼렇게 떴다.

"누구냐……?"

"각하, 제이나입니다."

"제이나 자작?"

제이나 자작은 정보부 수장으로서, 그와는 떼려야 뗄 수 없는 공생관계다.

그 때문에 그녀와는 잠시 연인으로 발전할 뻔한 사이였다.

그녀는 카미엘에게 황제의 칙서를 건넸다.

"조속히 돌아오시라는 명입니다. 저는 각하를 모시게 될 것이고요."

"고맙소."

칙서를 읽어 내려가는 카미엘, 그의 얼굴이 서서히 굳어갔다.

"…나 때문에 군부가 분열되게 생겼군."

"한트 때문이지요. 어서 복귀해서 바로 잡아주십시오."

그는 고개를 끄덕인다.

"작별인사만 하고 떠나리다."

"그러시지요."

카미엘은 끄트머리에 루나와 레이나에 대한 작별인사를 적어갔다.

*　　*　　*

다음 날 아침, 레이나는 루나의 울음소리를 듣고 잠에서 깨어난다.

"으앙! 엄마! 아저씨가 없어!"

"뭐?"

다급히 다락방으로 올라가보니 두꺼운 서적 열권과 편지 한 장이 침대에 가지런히 놓여 있었다.

그리고 그 위엔 두툼한 금화주머니가 올려져 있었다.

그녀는 그가 남긴 편지를 읽어 내려갔다.

레이나, 루나 모녀 보시오.

아마 이 편지를 읽을 때쯤이면 본인은 이곳에 없을 것이오.

제국군 총사령관으로서, 또한 제국의 신하로서 소임을 다 하기 위해서요.

그대들의 가정은 내가 깨버렸지만 그 이후 평화를 지키는 것은 내 숙명이라고 생각하오.

그래서 부득이하게 인사도 없이 떠나게 되었소.

나로 인해 상처를 받았다면 미안하오. 그리고 나로 인해서 상실감을 갖게 되었다면 그 또한 미안하오. 만약 나중에 기회가 된다면 두고두고 그 죗값을 치르겠소.

서적은 내가 루나에게 남기는 선물이오. 이곳에 있는 검술은 내가 제국군 총사령관으로서 군림할 수 있도록 한 원천이며 마법은 나의 전부라고 할 수 있소.

부디 내가 남긴 것들을 루나가 올바르게 익혀 다른 사람을 살리는 사람이 되었으면 하오. 그리고 금화는 내가 당신에게 드리는 선물이오. 만약 이 금화가 떨어질 때까지 내가 돌아오지 않는다면 황제 레비로스를 찾아가시오. 황제는 내 오랜 친우이니 내가 죽는다고 해도 그대를 충분히 돌보아줄 것이오.

만약 레비로스를 만나기 힘들거든 정보부장 제이나를 만나시오. 그녀는 제도의 술집 '꽃잎'을 찾아가 나의 표식인 이 문장을 보여주면 될 것이오. 더 길게 쓰고 싶지만 화급을 다루는 일이라 어쩔 수 없이 여기서 줄이는 것을 용서하시오.

그럼 다음에 다시 만날 때까지 건강하시오.

—카미엘.

편지는 짧았지만 그녀는 자신과 루나를 돌봐준 카미엘이 냉혈한에 피도 눈물도 없는 작자라는 편견을 버리게 되었다. 만약 그가 돌아온다면 따뜻한 식사를 대접하고 싶다고 느꼈다.

"으앙! 엄마!"

"뚝, 뚝 그쳐야지. 아저씨는 네가 훌륭한 검사가 될 것이라고 하셨단다. 그런데도 그렇게 울 거니?"

그제야 루나가 가까스로 울음을 그쳤다.

"저, 정말?"

"그럼, 나중에 아저씨가 알려준 대륙 공용어를 다 익힌다면 이 편지를 읽을 수 있을 거야. 그리고 아저씨가 남긴 서적의 내용도 읽을 수 있을 거고."

"알겠어! 그럼 그만 울고 내려가서 공부할래!"

그녀는 다다다 뛰어서 아래로 내려가는 딸을 바라보며 미소를 지었다.

'그래요, 언젠간 그 죗값 치러주세요.'

레이나는 딸을 따라서 1층으로 내려갔다.

외전 끝

이젠북

이 시대를 선도하는 이북 사이트

www.ezenbook.co.kr

더욱 막강해진 라인업!
최강의 작가들이 보이는 최고의 재미.

이들의 "유료연재"가 시작됩니다!

김재한 『성운을 먹는 자』　　태제 『태왕기 현왕전』
홍정훈 『월야환담 광월야』　　전진검 『퍼펙트 로드』
이지환 『어린황후』　　　　　방태산 『완벽한 인생』
좌백 『천마군림 2부』　　　　왕후장상 『전혁』
김정률 『아나크레온』　　　　설경구 『게임볼』

검색창에 **이젠북** 을 쳐보세요! ▼ 🔍

김현우 퓨전 판타지 소설

레드 크로니클
Red Chronicle

『드림워커』, 『컴플리트 메이지』의 작가
김현우가 색다르게 선보이는 자신작!

『레드 크로니클』

백 년의 세월 검을 들고 검의 오의에
다가선 남자 티엘 로운.

모든 것을 베는 그가 마지막으로
검을 휘둘렀을 때
그를 찾아온 것은 갈라진 시공간,
그리고… 자신의 젊은 시절이었다!

"하암, 귀찮군."

검의 오의를 안 남자가 대륙을 바꾼다!
티엘 로운의 대륙 질풍기!

Book Publishing CHUNGEORAM

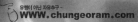

유행이 아닌 자유추구 -
WWW.chungeoram.com

전혁 新무협 판타지 소설
FANTASTIC ORIENTAL HEROES

王侯將相
왕후장상

『월풍』, 『신궁전설』의 작가 전혁이 전하는
유쾌, 상쾌, 통쾌 스토리, 『왕후장상』!

문서 위조계의 기린아 기무결.
사기 쳐서 잘 먹고 잘살던 그에게 날벼락이 떨어졌다.
바로 녹슨 칼에서 나온 오천만 냥짜리 보물지도!

기무결에게 내려진 숙제,
오천만 냥을 찾아라!

그러나 꼬인 행보 끝 도착한 곳은 동창의 감옥이었으니…….

"으아악! 이게 뭐야!! 무림맹이 왜 여기 있는 거야!"

천하제일거부를 향한 기무결의
끝없는 도전이 시작된다!

Book Publishing CHUNGEORAM

 유행이 아닌 자유추구 -
WWW. chungeoram.com

용마검전
FANTASY FRONTIER SPIRIT
김재한 판타지 장편 소설

「폭염의 용제」, 「성운을 먹는 자」의 작가 김재한!
또다시 새로운 신화를 완성하다!

『용마검전』

사악한 용마족의 왕 아테인을 쓰러뜨리고
용마전쟁을 끝낸 용사 아젤!

그러나 그 대가로 받은 것은 죽음에 이르는 저주.
아젤은 저주를 풀기 위해 기나긴 잠에 빠져든다.

그로부터 220년 후……

긴 잠에서 깨어난 아젤이 본 것은
인간과 용마족이 더불어 살아가는 새로운 세상이었다.

Book Publishing CHUNGEORAM

유통이 아닌 자유추구~
WWW.chungeoram.com

연재 사이트 베스트 1위!
어디에서도 볼 수 없었던 천재 의사가 온다!

『메디컬 환생』

언제나 실패만 거듭해 온 의사 진현,
그런 그에게 찾아온 인연의 끈이 있었으니.

"다시 삶을 살면… 어떤 삶을 살고 싶으신가요?"

다시 한 번 주어진 인생
이번엔 반드시 성공하리라!